与病魔同行

DANCE WITH THE CHRONIC DISEASE

我在美国治病与生活的经历

My dialysis and living stories in the United States.

東方出版中心
Oriental publishing center

图书在版编目（CIP）数据

与病魔同行：我在美国治病与生活的经历 / (美)
丁大地著. -- 上海：东方出版中心, 2018.6
ISBN 978-7-5473-1266-7

Ⅰ. ①与… Ⅱ. ①丁… Ⅲ. ①纪实文学 – 美国 – 现代
Ⅳ. ①I712.55

中国版本图书馆CIP数据核字(2018)第059103号

与病魔同行
我在美国治病与生活的经历
丁大地 著

统筹策划 彭毅文
责任编辑 彭毅文
书籍设计 张 琪
责任印制 曹毅波

出版发行：东方出版中心
地 址：上海市仙霞路345号
电 话：021-62417400
邮政编码：200336
经 销：全国新华书店
印 刷：上海中华商务联合印刷有限公司
开 本：890 x 1240 毫米 1/32
字 数：116 千字
印 张：10
版 次：2018年6月第1版第1次印刷
ISBN 978-7-5473-1266-7
定 价：45.00 元

目录

序一　砂砾也能变珍珠

褚孝泉

2016年的好长一段日子里，都在惦记着大地的回忆文章，期待着新的一章在网上发布。每读完一段，心中都深有感触，她讲述的故事对我来说既熟悉又陌生，带我回到那些难忘的岁月。

我们这一代人的生活所经历的变化，在过去几乎是无法想象的。我们十几二十岁的时候，国境以外的世界比现在的虚拟世界更虚幻。谁也想不到有一天中国人会走遍全世界，也难以想象自己熟识的朋友们会移居国外，开创完全不同的生活道路。当然，翻天覆地的变化中，总有不变的事情，比如友情。天运兄是我大学时代的挚友，同窗四年，情谊深长。尽管毕业后不久各奔东西，天各一方，但是心灵间似乎从来没有距离，从早年的邮寄书信，差不多一个月才能有一个往来，到现在的即时通讯，期间加上他回国相聚，尽情倾谈的机会很多。而每次交谈几乎都会谈到大地嫂的病，隔一段时间天运兄总会忧心忡忡地说到大地嫂的病有什么不好的变化，每次过后也都会高兴地告诉我，她又渡过了一个难关。渐渐地，大地也成了我熟识的一个朋友，实际上我们却只见过一次面，那是她来上海参加一个肾脏病学术会议，借此机会我在他们夫妇下榻的酒店大堂里匆匆地相见，匆匆地告别。在酒店淡淡的灯光下，她的样子是那么的优雅而温润，你根本猜不出在她含笑的眼睛后面藏着多么坚韧的意志力。只有始终陪伴着她的天运兄知道，只有读了她的回忆，我们才知道，她一直在遭受着多么可怕的病痛折磨。令人感佩的是，无论在怎样的病痛面前，无论听到医生作出怎样的诊断，她都绝不畏惧，绝不放弃，只要有一丝希望，就尽力地和病魔抗争，并且胜利地坚持到了今天。

她的回忆文章我读了又读，屏幕上显出她的文字时我不禁会寻思，是什么内容这样地吸引着我?是她那令人钦佩的勇气？是她所遇到的那些“贵人”？是她遭遇的无常的病变？是她的不可思议的职业经历？都是，也不全是。大地并不想当与病魔搏斗的英雄，她是一个普通人，热爱美食，热爱生活。她患的顽疾并不罕见，她是美国医院里接受类似治疗的无数患者中的普普通通的一个，是美国社会中有疾病而正常工作的无数人中的一个。一切都平平凡凡，然而一切又那么的不平凡，正是这平凡中的不平凡，使得这部回忆非常值得一读，非常耐读。

大地把她的生活经历描述成是“与病魔同行”。她是在美国行进的，由这个“同行”，我们也同时看到了美国。这个国家对于中国民众来说好像并不陌生，我们对它的认知都来自媒体，美国的大选，好莱坞的电影，经济的交往，外交的争端，等等。大地的故事让我们知道了美国的另一面，媒体从不讲述的一面。大地能始终不为病魔所压倒，首先当然是她过人的意志力，那种永不言败的勇气，其次是日新月异的医疗技术。但是光有这两点还是不够的，在每一个重大的关口，都有好运眷顾她，其实这个运气都是人带来的。读她的故事，没有不被侯医生感动的，具有这样的奉献精神的人，必定怀着圣徒般的救世信念。如果说侯医生是个不寻常的人，那么还有更多的平常人为她伸出援手：为远在天边的她捐款的人、为她这个没有选举权的外国人帮忙的参议员、免费为她开刀的韩国医生、向她提供半价药品的医药公司、赔钱为她在家里安装透析设备的透析中心、帮助她攻克难关的同学……特别是那些明知她身患疾病但仍然向她提供职位的雇主，使她能够和健康人一样工作生活。这是特别重要的，对患者来说，一份工作不仅仅是收入的来源，更能使人自尊自强，从依赖别人帮助的病人，变成有利于社会的、能帮助别人的自立者，这也是特别难得的。用人单位明知应聘者在工作中不能全日全力地服务，但还是录用。大地说她在历次应聘中，从来没有因为疾病而遭到拒绝，这说明尊重照顾有疾病者是美国雇主的惯常做法，是整个社会的风尚和规范。大地得到的热心帮助不是特例，是这个社会整个精神风范的表现。我不知道这种精神的源头何在，但是从大地的经历我们可以看出，爱人助人尊重人是美国普通人的行为准则。常说美国是个物欲横流的地方，这或许也不假。但是我们现在知道，在财物的算计之外，那里还到处都有超越物质利益的为他人为社会的奉献和爱心。在我看来，这才是美国社会的真正力量所在。

说起中国人在海外的生活，人们常常喜欢用的词是“打拼”。我觉得这不是一个恰当的词，仿佛去美国或其他国家就是上战场一样，其实世间处处有芳草，天运和大地夫妇在美国生活了30多年，他们有过很艰难的时刻，但是从没有以剑拔弩张的姿态对人，总是以微笑迎接每一天。大地一路走来都有人帮助，而当她学成工作后，也尽力地呵护那些需要她照顾的病人。她的故事给我留下深刻印象的，不仅是一个倔强地与病魔同行几十年的大地，更是一个细心干练的肾脏病科护士大地。不管她的病人来自什么阶层，不管他们有什么问题，她都尽心尽力地为他们服务。想想一位靠着陌生美国人的捐助来到美国治病的中国人，几年后就在用她的专业技能救助那些处境困难的美国病人，这是她的故事中最美丽的一个情景，或许这就是真正的美国精神的一个表现。这个国家不仅有足够的空间接纳来自各地的人，还会让背景如此不同的人都能以宽博的胸怀携起手来。

大地现在退休了，能有空写下她不寻常的经历。文如其人，大地的这部回忆写得亲切真挚，不虚饰不溢美，娓娓道来，直抒胸襟，说到身陷难关的时刻，总透着一种达观的精神。她的文字平直简洁，不假任何文学手法，却更能动人心扉，使读者不禁和她一起焦虑一起欢快。改革开放以来，我们读到过很多同胞写的来自大洋另一边的回忆录，但是大地的这部回忆与众不同，在谈家常般的平易中闪出珍珠般的光芒。我感到，这个病魔就像嵌入命运的一粒砂砾，给她带来无穷的磨难，但是几十年下来，砂砾已经磨砺成了一颗珍珠，读者在她的这部回忆里看到的就是这颗晶莹的珍珠。我谨向海内外的读者推荐这部回忆录，有幸读到这部回忆录的读者一定会受到启迪，用新的眼光来看待生活，看待世界。

（作者现为复旦大学外语系教授、博导）

2017年1月

序二　做个小广告

林里力（黑白灰）

我与大地相识在1981年年末，那时，从小与她形影不离的肾病已经严重到威胁生命。就在家人为她岌岌可危的性命一筹莫展时，命运突然拐了一个弯，她有了赴美治病的机会。临行前，为在治病期间有个打发时间的事情可做，她想学几笔花鸟画，于是，一位我们共同的朋友将她介绍给了我（现在想来，我那时门也没入就敢为人师，胆儿也是够肥），但我俩根本没见上几面，几个月以后她即启程赴美，刚认识的我们就此分别。

一直认为，人与人之间的亲疏跟空间、

时间、爱好、年龄等关系不大，而跟你们是否属于同类人，生活态度是否一致比较有关。你是什么样的人，也必然与什么样的人相互吸引。虽然，我与大地认识时间不长，并且天各一方，但从青年到前老年，我们之间的通信联系却始终没断过，直到2010年我赴美旅行，我们在芝加哥重逢。那是5月末的一个夜晚，抵达大地家所在的小区已近21点，她与先生到路边来迎我，我们紧紧相拥，她一句“28年没见了！”说得我热泪盈眶。

作为一位严重肾病（后来发展到尿毒症）患者，她很偶然地有了赴美治疗的机会，又遇到了各种各样的贵人相助，每每得以绝处逢生。其实，我更认为，即使有了先进的医学科技和朋友们的帮助，如果没有超乎常人的毅力，她也不可能有今天。

在美逗留期间，我曾亲眼目睹她在每天给自己做透析之余，还自制漂亮的蛋糕、海鲜酱和许许多多色香味俱全的菜肴。遇到社交活动，她照样打扮得光鲜亮丽去参加。拐杖、轮椅、助听器和因骨质疏松而侧弯的脊柱，都不能影响她对美的追求和对生活的热爱。

大概两年前，大地因为搬离芝加哥住到新泽西，提前退休了。一下子赋闲在家，她有些不适应。我便撺掇她将自己这些年的经历记录下来。而当我看到她最初的几篇文字后，便觉得，这不仅是她在给自己解闷，也是为我们打开了一扇窗：窗外的风景是我们感到陌生、新奇或者不可思议的，看着令人唏嘘、感慨，甚至，笑着流泪。很多细节我都是第一次知道，每读完一篇，我都无法表达心情，只会反复说“太不容易了！”更感到作为一个健康人，我们都太幸福了。

这辈子，如果说我崇拜过什么人的话，大地一定是其中之一。

2016年8月

写在前面的话

很多人认为：要与慢性病作斗争。我并不认同这个说法。

我从来就不喜欢与人与事斗争，要斗争就会分输赢，赢了自然高兴，输了呢？绝望是难免的。慢性病顾名思议，就是长期无法治愈的病。以目前人类对自身以及疾病的了解和治疗方法，世界上又有多少慢性病是能够根治的？慢性病的另一个含意就是它不同于急病，一时半刻不会夺人性命。打针吃药会对病情有所控制，不让它发展太快，过于肆虐，对人造成过多的痛苦。既然活着，就必须在生命的旅程中走下去。有慢性病的人，只不过是在途中多了一个不受欢迎的同路人。

慢性肾病是我的同路人，它很早便加入了我的行程。从两岁开始直至今日我已年过花甲，它一天也不曾离开。从中国到美国，越洋过海，紧跟不舍。我对于它的态度，早已是不和它斗，让现代医学控制它，我好走自己的路。每日早晨醒来，看到初升的太阳，我庆幸它还没有夺走我的生命，我又能接着走，无论是用双脚，双拐，还是轮椅。

在生命的旅途中，我不光享受着阳光雨露，万物生机，更时时受到旅途中遇到的许多人给予我的关爱。正是这些关爱，雪中送炭，让我绝处逢生，一次次渡过难关，不停地走下去。特别是我的先生，一直在身旁扶持着我。没有他，我很难走到今天。我的父母兄长，也是我随时的依靠。

这些小故事，都是我一路的真实经历。其中记下了那个不受欢迎的同路人对我的骚扰，我对它的鄙视，以及如何继续走我的路。更多的是写下了那些给予我帮助和扶持的人，因为我不能忘记，也不该忘记他们。世界上被各种病痛折磨的人太多太多，我的故事也许能带来一些同感，希望我们大家都能在磨难中仍然找到生命的乐趣。

若不是老友黑白灰一再鼓励，敦促，我心中的这些故事大概永远也不会变成文字。从着手撰写到现在一年多来，每一篇故事都经过她和我的另一位好朋友汪小莉修改、润色，才有了现在的面目。在此，我要向她们的付出表示感谢！同时，也要对在百忙之中为我的这本小书写序的老朋友褚孝泉先生表示最诚挚的谢意！

启程

1982年3月21日，我的生活轨迹异乎寻常地出现了一个急转弯。那天，我离开了出生后几乎从未离开过的城市——上海，远渡重洋飞往地球的另一端——美国。

1982年国内去美国的人数与现在相比要少得多，且多数是公派留学生或访问学者。而我出国的原因却是为了寻求挽救生命的先进医术。在当时，可谓绝无仅有。我两岁罹患肾病，虽多方求医，却始终顽疾缠身，无法摆脱。特别是“文革”中停止了所有的治疗，到了1980年代，病程便进入了晚期。医生宣布，除非能洗血或换肾，否则生命最多还有两年。可当时这类治疗在国内还没有开展。

出国前夕的我

也许是命不该绝，我意外地得到了一个去国外治病的机会（我后面会详细叙说它的来龙去脉）。对于一个生命将要走到尽头的人，这无疑是绝处逢生。当时的我，袋中揣着30美元，身患重病，却要只身前往一个陌生的国度接受治疗，多少有些凶吉未卜的味道。可这一机会于我就像在黑暗的通道中走了许久，几乎绝望了，前方突然出现了光亮，我怎能放弃不去试一试呢？

出发那天，是初春一个寒冷的下午，阴沉沉的天空飘着细雨，路上的行人缩着脖子匆匆赶路。行程定下后，我已与所有同事朋友、哥们姐们一一道别，大家讲好临走不送。从小领我的郑阿姨，不愿经受离别的伤感，也没有送我。只有我的父母和我由父亲单位的司机开车送我们去了虹桥机场。

我的男友小杨当时与我的家人尚不熟悉，他不愿一起去送行，而是独自坐公交车去了机场。当我走向通往机舱的通道时，清楚地看到他隔着候机厅楼上的玻璃窗看着我，我们就这样在心中默默道别。

我在父母的眼中看到了许多担忧，但更多的是希望，因为他们觉得我的生命也许能得以延长，说不定疾病还能治愈。在他们心目中，我的此行多少有些死里逃生的幸运。

面对这突然发生的一切，我却似乎不知道该

兴奋还是该害怕。我将要去一个陌生的国度，去接触许多的陌生人，说的是陌生的语言，面对的是陌生的文化。可能要住院，也许会手术。更主要的是我将一个人去面对陌生，口袋里却没钱。哥哥虽在美国，可他在另一个城市，而且也只是个去了不久的穷学生。我想，当年人们闯关东大概有类似的感觉。

1982年的我，对于美国可以说是一无所知。此行到底能否带来生的希望，我十分茫然。可我的天性里有着对新鲜事物的向往，生活中的变动，总能引起我追求的欲望。尽管前途未卜，可那在大洋彼岸等待着我的一切“陌生”，却给了我义无反顾的冲动。

登机后，我默默地看着机舱外的景物，脑中一片茫然。我没有古人的素养和情怀，写不出万古咏唱的诗歌。只有当飞机终于一跃冲入蓝天，地面上的一切变得越来越小，模糊不清时，我才在心中默默与这片生我养我的土地告别，泪水突然模糊了我的双眼。一个念头在脑中闪过：我还能活着回来吗？

那一年，我28岁。

出门难

俗话说“在家千日好，出门一时难”，形容的是人们在旅途中常会遇到一些计划外的情况，因而带来意想不到的困难。我的第一次长途旅行偏不巧就碰到了这样的意外。然而这些意外带给我的却是一次人与人之间关爱帮助的体验和永久美好的记忆。

小时候曾有一高人为我算过命，说我一生命运不济，多灾多难，却又不碍大事。因为我命中多有贵人相助，往往能化险为夷。我在出国途中以及后来的种种经历，证明了这样的预言不是完全没有道理的。

我那天坐的是日航班机，本应到东京逗留几

小时后，随即转乘去波士顿的航班。可偏偏不巧，那天东京大雾，无法降落。飞机只能调头往北在北海道降落。当空姐通知大家要在北海道机场过夜，所有在东京转机的客人，必须等第二天另行安排时，马上在乘客中引起了小小的骚动，人们纷纷交头接耳，但很快便都安定了。

可我却犯了愁。由于是第一次出远门，缺乏经验，那时也没有手机网络之类。我既担心第二天怎样换机去波士顿，又不知该如何通知将去接机的哥哥。这时我遇到了我闯“洋关东”途中的第一位“贵人”。

那是坐在我边上的一位40多岁的中年男子。大概是我的傻冒样与担心的神情使他猜到我是个没见过世面的老土，便主动问我是去东京还是转机。听到这地道的普通话，我一下子觉得安心了许多。他耐心地回答了我所有的问题，并告诉我他家在东京，这次去中国出差。在这之后的一路上直到第二天回到东京分手，他一直对我提供着帮助，从上下机时帮助提行李，到在北海道机场登记第二天的转机事宜等等。更令我意想不到的是，第二天回到东京机场分手时，他又掏出纸笔，将自己的电话号码写给我，让我万一转机有误，或需要什么别的帮助时给他打电话。虽然我最后并没有向他打电话求助的需要，可对于这位素不相识，连姓名都不知道的热心人，我至今没能忘记。

飞机在北海道降落后，乘客都只能在机场内过夜。所有的人都很守秩序，没有一个人吵闹抱怨。航空公司为大家提供了免费的日式夜餐。唯一让我受不了的是机场内的温度很高，而我临出门时因为上海3月的阴冷，我妈非要我穿着毛衣毛裤，外加棉袄大衣。世上的母亲千篇一律怕子女受冻挨饿，殊不知在暖气室内穿着厚衣服一样令人窒息。我找个地方将毛衣裤脱下，身上是轻松了，但手里一下子多了很多累赘，我只得将它们鼓鼓囊囊塞入手提包，大衣提在手中，大包小包就像逃难一般。

好不容易在机场的长椅上挨过了闯洋关东的第一夜，第二天一早便又登机回到东京。可当天去波士顿的日航机票已全部售完，我只能改乘联合航空公司的班机去纽约，再从纽约转机波士顿。由于起飞是下午，航空公司便安排我去机场旅馆休息。折腾了半天，总算有个地方可以睡上一觉，我一进入客房拨好闹钟，立即昏昏入睡。

下午当我回到机场，立刻发现机场那么大，又有那么多航空公司，自己根本不知该进哪个门，去哪个服务台办登机手续。我只能边找边问。包里的毛衣毛裤大衣似乎随着走过的路程变得越来越沉，在我手中大大超过了它们的实际分量，变成了巨大的负担。我真想找个不引人注意的地方把它们扔了。可一想那还是“文革”中全家用省下的工业券买的毛线，实在是扔不得。因为想到美国无聊时还能画画，我又抱着长长的一卷宣纸，像个火箭筒，当时的狼狈可以想见。当我几乎转遍了候机厅的所有角落，才总算找到了我该去的值机台。

可那里的景象又让我懵了，等着签票的人排着巨龙般的长队！由于到处瞎转找服务台浪费了好多时间，我要搭乘的班机即将启航。我排在队伍里焦心地等待轮到自己，却又不好意思插到前面去要求签票，心想“看来又要误航班了”，而这次是我自己的责任，就别指望“免费的旅馆”和“美味的生鱼片”了，口袋里只有国家允许兑换的30美元，大概只好在机场坐一夜。

就在这时，我闯洋关东途中的第二个“贵人”出现了。那是一位穿着机场制服的年轻日本女孩，她叫着我的名字，冲着排队的人群跑来。原来联航班机马上就要起飞，我托运的行李也从日航转载上了联航，而我却没有登机。按照国际航空惯例，对已载入飞机的行李，其主人如不登机，飞机不能起飞，以防行李中有导致毁机的物品。为此联航通知机场人员到签票处来找我。一见到我，她一把拉上我到服务台签了票，只花了一分钟时间过了安检。那时还没发生过“9 · 11”，安检并不严格。一过安检，她便开始奔跑。跑了几步，回头发现我提着一大包工业券买的毛衣裤和宣纸“火箭筒”，实在跑不动的样子，她便又返回来将我手中的所有行李一把接过继续奔跑。我没了重负，猛地精力倍增，也跟着跑了起来。跟在她后面，看着瘦小的她提着那么多东西，不禁为她那二寸高的鞋跟担心，千万别断了鞋跟或是崴了脚啊！当我刚一跨进机舱，就听见舱门在我身后重重地关上。

30年过去了，那位日本女孩应该是中年妇女了，大概早就不在机场工作。她还会记得她曾帮

（左起）我哥哥、他的老师、我未来的主治医生及她的女儿来机场接我（中立者）

助过的一个普通乘客吗？那也许只是她每天的工作，而对于当时的我，她就像是上天派来的救星，我怎么也忘不了。

出国求医的前前后后

前面说了出国一路上发生的意外，大家一定会暗自揣度，1980年代出国的人为数甚少，更别说出国看病了，而我在美国并没有什么阔佬至亲能提供这样的援助，怎么就能成行呢？谁都知道，没有保险，医疗费用在美国可不是一般人所能承受的。这就使我的故事有了那么一点与众不同，也许能提供一个视角，使大家增加一些对美国这个国家以及这儿的许多普通百姓的了解。

当然，不是病到危及生命，且国内医生回天无术，一个重病人绝不会冒险只身远涉重洋去一个陌生的国度求医。我从两岁开始得肾病，到1982年我28岁，肾病已进入肾衰。那时大概是因为年轻，好像并没怎么特别的不舒服，只是浑身没劲，还有每天因为肾性高血压，怎么也摆脱不了头疼的骚扰。其实，更让我觉得不爽的是不能吃好东西，凡是蛋白质含量高的都要避免，为的是减轻肾脏负担，延长生命。我打小爱吃肉，自然觉得生肾病不合算，不像生别的病都能借着补身体的理由，好鱼好肉的吃着。父母几乎找遍了上海的中西名医，全国各地只要是听说有肾病专家，一定托人将病历送去求治。得到的回答是一致的：如果不洗血或换肾，病人最多还能活两年。可他们都知道，当时国内还不具备洗血或换肾的条件。记得我曾去看过江苏省一个名中医，当我好不容易赶到南京，又排了半天队终于等到他为我看病时，他却对我说："你早干吗去了？要是早两年来找我么还有希望，现在你来有什么用！"我当时看着他老人家实在不知说啥好，心想难道一个病人该对医学上无法克服的病症负责吗？多年以后，我自己成了肾病专科护士，回想起与这位名医的对话，觉得这位医生还真有点不够格。且不说他随便夸口说是早两年找他便能起死回生，众所周知，晚期肾病就是30多年后的今天，世界上尚且没有治愈的方法，就凭这么跟病人说话的态度，他也算不上一个好医生。这是题外话。

我能来美国治病最初的起因，源于当时在美国留学的哥哥。当时哥哥正在波士顿附近的伍斯特理工学院念书。从小哥哥和我感情就非常好，当他接到家信得知我病重不治的消息，心情十分郁闷。他所在学校中有一位负责外籍学生的老教师，叫Mrs. Kay Draper，我们就管她叫特雷波吧。特雷波老师出身于牧师家庭，父母年轻时都曾在中国云南传教，她也在中国出生。两岁时，因母亲患病，全家回到了美国，便没再回去。虽然中国并没给幼年的她留下什么印象，但她对这个国家却始终保持着特殊的感情。我哥哥是这所学校中第一个来自中国大陆的留学生，因此与特雷波老师一见如故，成了好朋友。老师发现学生突然心情不佳，自然关心询问其中缘由。当她了解到原来是一个在中国的年轻女孩肾病晚期，需要透析或换肾，而国内尚无条件做这些治疗，她连想都没想便果断地说："把你妹妹接来这儿，在美国，肾功能衰竭患者是能够生存的。"

老师的热情与勇气促成了我哥将我接来美国治病的决心，然而在将决心变为实际行动的时候，大家又感到事情没那么简单：看病的费用打哪来？路费盘缠如何筹措？来了以后生活依靠什么？这些可不是一笔小数目。

特雷波老师是个虔诚的基督徒，对上帝的信仰使她有了不可动摇的信心。个子高高的特雷波老师，有一头短短的卷发，说话大声而且热情洋溢，整个人就像一盆冬天的炭火，散发着热量，使她周围的人永远也不会觉得寒冷。

信仰与决心很快就化为实际行动，特雷波老师与学校领导讨论并取得了支持。学校有位副校长的亲戚，认识波士顿一所医院的肾科主任。无巧不成书，这位主任的手下，有位能说一口流利中国话的肾科主治医生。这位大夫是个非常特殊的人物，她所做的一切，触动了我和无数人的生活。关于她的故事，需要专门的篇幅介绍，这儿只是简单地提及，因为不提到她，我来美治病的前因后果便无法说清楚。她有一个十分动听的中文名字，叫侯素仙。因为会讲中文，又是肾科的年轻主治大夫，科室主任理所当然地把这个拯救一名中国晚期肾病患者的光荣任务交给了她。

这位侯大夫与特雷波老师一样，对中国文化及中国人，情有独钟。她从中学开始便选修中文课，大学本科及硕士研究生都是中文专业，她的硕士论文还是关于中国赤脚医生的呢！进了医学院，做了医生，她并未放弃对中文及中国的热爱。所以当她接到这样一个任务，便立即与我哥及特雷波老师取得了联系，并写信到上海向我要去了详细的病历。她的建议是让我去她工作的医院做移植手术，肾源就是让我哥哥捐献一只他的肾。她还去信美国驻上海总领馆，要求协助办理签证。所以我的签证办理十分顺利，几乎没问什么问题就签了六个月的访问签证。

为了筹集移植手术的款项及其路费，特雷波老师与侯医生注册成立了一个非盈利的基金会，并在特雷波老师和我哥所在的学校、侯医生工作的医院，以及各自的亲友和教会中展开募捐活动。这只是一个小范围的短期活动，美国每天都有无数个这样的活动在进行。窥一斑而知全豹，为了帮助我这样一个千里之外，素未谋面的陌生人，许多人就像俗话所说：有钱出钱，有力出力。他们无偿所做的这一切，给了本来对美国社会毫无了解的我很大的震动。整个募捐的过程是许许多多动人故事的总和，我只选其中点滴，就足以描绘出许多普通美国人的形象。

在伍斯特理工学院就读的一位学生，家庭经济拮据，有时付不出房租，便住在汽车里。当他听说需要帮助一个中国来的病人，立刻掏出5块钱。在1982年，5块美金能够买不少日用品，对他来说不是一个小数目。

还有一个学生，为了捐款，摆了个小摊，买了新鲜的胡萝卜榨汁卖。当他将所得款项交给特雷波老师时，是如此地兴奋和得意……

那一年，一年一度的波士顿马拉松长跑中，有一位参赛者在跑步中高举着一块牌子，上面写着我的名字，他要通过参赛来筹款捐献。

侯医生有一个三岁的女儿，当她第一次见到我哥哥时，兴冲冲地把一摞储币套（类似我们的储蓄罐）塞到他手中。原来那是她收集的所有硬币，不光是从家中各个角落里找到的，每天父母兜里的，也都被她搜索一空。

侯医生的父亲是美国一家有名的军工企业的董事长，她母亲的家族当年在新英格兰地区有着和肯尼迪家族同样的地位。这是一对可亲可敬的长者。他们除了捐献了大量款项给基金会，还亲自为学校的募捐活动下厨做饭。看着他们系着围裙，围着灶头忙得满头大汗，你能想到他们是有着如此地位与背景的一对老人吗?

波士顿有一家教育旅行社，专为世界各国学校交流提供服务。特雷波老师向他们寻求帮助，他们决定为我提供从上海到波士顿的免费机票。因为他们联系的是日本航空公司，所以我是乘坐日航，途经东京来美国的。

侯医生工作的医院中的肾移植主刀大夫是个韩国人。侯医生问他可否免费为我做手术，并开玩笑说:“这可是体现了中朝人民的友谊呀。”他也半开玩笑地回答："你错了，中国与韩国是从来没有什么友谊的。不过我会为她免费手术。"(1992年中韩建交)几个月后，这位幽默的韩国大夫为我做了移植，果真分文未取。

特雷波老师是这一切努力的发起和组织者，没有她的决心和努力，我大概早就不在这个世界上了。然而她却常常说我是上帝赐予她的礼物，并说帮助我的过程，给了她生命新的意义。我一踏上美国这块土地，她便张开双臂迎接我，并把我纳入她的家庭队伍，她是个有着六个孩子的母亲。我也早把她当成自己母亲一样的长者，一直和她保持着密切联系。

而哥哥不仅促成了我来美治病，还决定将自己的肾脏给我用于移植（但后来发现与我不匹配）。从小到大直至今天，无论我有什么需要，哥哥都尽自己所能予以满足。与国内社会上很多兄弟姐妹为金钱反目的事例相比，我为自己能有个一贯真心看顾我的兄长而庆幸。

短短几个月后，我便踏上了这块陌生而充满了爱心的土地。

转眼30多年过去了，在这30多年中，我进行过两次肾移植，可惜都没有成功。但是我这个30多年前就险些告别了这个世界的人，靠着透析一直活着，而且活得挺好。是奇迹吗？还是上帝的旨意？我想，是许许多多认识和不认识的“贵人”给了我新的生命吧。即使有上帝，上帝也是被他们感动了。他们不仅给了我新的生命，同时也赋予这生命以意义。因为我知道无法偿还他们对我的帮助，我选择了护理作为终身职业，我相信他们会高兴我将他们给予我的爱，传播给更多的人。

下面是当时用来募捐的宣传卡片（译文附后）。

友愛

She Needs Your Help to Live!

Do Dee Ding lives in Shanghai, China. She is 25 years old. Her chances of growing much older are quite slim because she suffers from kidney disease.

A kidney transplant could make a normal, happy life possible for Da Dee. However, this operation is not yet available in her country, or in most other countries of the world either.

Her brother, Do Hai Ding, is studying computer science at Worcester Polytechnic Institute. When Do Hai's WPI friends learned of his sister's plight, they began raising funds to bring her to the United States for the medical treatment which can save her life.

The cost of this treatment will be about $45,000, an ambitious goal for college students to reach but with your help, we can do it!

Support our student fund raising events. Make contributions to the International Kidney Transplant Fund, c/o Mrs. Kay Draper at Worcester Polytechnic Institute or Gilmore Pond Road, Jaffrey, NH 03452

Yes, I would like to help make a kidney transplant possible for DA DEE DING.

Here is my contribution of $ ______

Name ______

Address ______

Your gift is tax deductible

Send to: International Kidney Transplant Fund
Gilmore Pond Road
Jaffrey, NH 03452

为了生存，她需要你的帮助

大地现时25岁，住在中国上海。因为肾病，她的生命危在旦夕。肾移植将能帮她恢复健康，正常生活。然而，目前世界上大多数国家，包括中国，肾移植尚未成熟和用于病人。

他的哥哥是伍斯特理工学院的学生。当他的同学们得知他妹妹生命危垂，决定组织捐款帮助她来美国接受治疗，挽救她的生命。

进行一次肾移植大约需要4.5万美元。对于大学生来说，筹集这样一笔款项不是一个轻易能达到的目标。但是有了你的帮助，他们一定能做到。

请支持我们的学生。捐助的款项请寄：伍斯特理工学院，Mrs. Kay Draper收。

第一次肾移植（上）——兴奋的开端

转眼，我到美国已经三个月了。6月初一个晴朗的日子，我去特雷波老师在新罕布什尔的家中做客。初夏的新英格兰地区，到处一片郁郁葱葱。家家户户门口、路旁、小河边，都是盛开的鲜花。虽然地处美国北端的新罕布什尔6月的气候并不炎热，人们却已迫不及待地换上了色彩明快的短衣短裤。草坪上是奔跑玩耍的孩子们，湖面上不时能见到荡桨泛舟的年轻人。心情很好的我们，决定去镇上吃冰激凌。

从镇上回家的路上，远远就看见特雷波老师的女儿爱莉森高举着双手向我们的车跑来，一面跑一面气喘嘘嘘地喊着："A kidney, a kidney for

Dadi!（大地有了一个肾！）”爱莉森是一个矮矮胖胖，一激动便满脸通红的人。爱莉森跟她母亲一样，对人永远是热情洋溢，把我和哥哥当成自己的兄妹。她刚接到了医院的电话，一个年轻的摩托车手车祸身亡，家属捐献了他所有的器官。我与他的血型及抗原相配，医院通知我去接受移植。

美国有一套十分健全的器官分配条律，根据等待移植病人的积分来决定得到器官的先后。积分种类包括血型、抗原的配型（首先考虑抗原更为相配的人）、病情的轻重（重病患者优先）、等候移植时间的长短、18岁以下的患者优先、儿童更优先……与世界上任何国家一样，美国的器官来源十分短缺。移植肾脏的来源很大一部分是来自活体捐献，其中有血缘相联的兄弟姐妹或父母与子女之间的相互捐赠，也有非血缘关系的夫妻、姻亲、朋友、邻居、同事，甚至还有从未谋面的陌生人。我有好几个朋友将自己的一只肾捐献给了陌生的病人。活体肾的接受者无需等候，也不受分配条律的限制。即便有那么多活体肾，仍然有许多等候非活体肾的病人。像我这样的“O”型血，平均等待时间是七年。而我只等了三个月便得到了移植的机会，可谓幸运。难怪爱莉森如此激动。

特雷波老师立即开车调头直奔波士顿。一路上她兴奋地描述着我恢复健康后的美好未来。相比之下，我看着车窗外飞速掠过的树木与房屋，倒显得有些无动于衷，像个局外人。大约是从小经历过太多失望，我学会了对还未实现的美好前景不抱太大的期望。小时候逢年过节，我总是会发烧生病，无法享受盼望已久的新衣新鞋和美味佳肴，取而代之的是去医院打针吃药。从小领我的保姆郑阿姨常常许诺带我去外滩看国庆焰火，可到了10月1日，我便无一例外地开始发烧。她安慰我说在家也能看，可是外滩的焰火，在上海

记者就捐款一事采访特雷波老师

东面，我家则住在上海的西南面，又仅住三楼，能看见多少呢？平时，医生为了让我减少感染，劝说我妈不要让我去学校上学。我每个学期只在开学的几天去一下，领来新课本，老师每天布置的所有作业，都由同班的邻居同学带给我。我常常趴在窗前看着同学们排着整齐的队列放学回家，然后在弄堂里追逐玩耍，心中羡慕极了。我对自己说，到了十岁我的病就好了。可过了十岁的生日，病情一点没有改变的迹象。接着我就想自己长大了，一定不会再顽疾缠身。当然，未及成年，我已经懂得了幻想与现实之间的区别，不再为自己设计不切实际的前景。这也造成了我性格中矛盾的一面：天生的喜欢新鲜，向往未知，可对将来却又从不抱期望。我追求的只是与未知交往的过程，以及新鲜事物给予我的刺激，而不是最后的结局和利益。

七八十英里的路，一个半小时的疾驰，我们顺利到达了位于波士顿市区的特夫茨新英格兰医疗中心。由于侯大夫的事先安排，入院手续十分简便。虽然移植的主刀医生同意不收手术费，可住院费、药费、检验费、麻醉和手术室费用，加在一起也十分可观。而募捐得到的款子，并不能保证全部付清这些费用。事后我才知道，侯大夫与她的丈夫，一个也在这所医院工作的内分泌科大夫用他们的工资作为保证金，医院才同意让我这样一个没有医疗保险的外国人住院手术。

入住病房后，立即开始了各种准备工作。主治医生、住院医生、内科医生、外科医生、麻醉医生、医学院学生、护理人员、放射科人员、化验室人员、社会工作者、营养师、牧师（美国医院都配有牧师，手术前为病人祈祷）川流不息地进出病房，提着同样的问题，做着同样的检查，或者做着他们份内该做的工作。我呢，有问必答，有检查就做，有字就签，十分地配合。最后，牧师在床边为我做了祷告，祈求上帝保佑第二天的手术成功。

为了确保手术的安全，医生决定为我透析。血液的净化能使身体里的各种成分趋于正常，避免手术中的意外。这是我有生第一次接受血液净化，没想到从这一次开始，我至今已整整做了30

多年的透析。来美后虽然早就该开始透析，但为了将不多的捐款用于移植，一直用控制饮食的方法，拖延时间，避免洗血。

不知不觉暮色已经降临，肾移植的准备工作在匆忙但井井有条中就绪。我被告知移植手术安排在第二天早晨。特雷波老师与侯大夫先后离开，哥哥坐长途汽车匆匆赶来，因第二天还有课，又匆匆赶回学校。医生护士也都离开了房间。我这才有空仔细打量这间病房。

美国大多数病房都是单人间。我住的这一间里面可放一张病床，一个床头柜，两张椅子，还有可站五六个人的空间供医生查房时站立。房里有一个小小的壁橱，一间单人厕所。窗户和整面墙一样大，显得十分透气。墙壁刷成浅蓝色，加上白色的床单，整个色调偏冷，让人安定。

第一次见识到如此不同的住院环境，使我大有恍如梦幻的感觉。病房里用于治疗的高亮度灯已被护士离开时顺手关灭，只有床头一只低光灯发着幽幽的光。面对这一天突如其来的变化，我不知怎么有一种奢侈的愿望，想和在大洋彼岸的男朋友交流一下所有的感受。在今天的网络世界，这是一件普通得不能再普通的事情。现在的留学生可以与国内的父母、朋友每天上网视频聊天，可在20世纪80年代，国际长途绝非我们这种人可以随便使用的。哥哥告诉我，他会给上海的父母打一个接收方付款的电话汇报明天的手术。我也想如法炮制，让男朋友付款。我们曾约定，有必要时，可打电话去他的邻居家，邻居是局长，家中有电话，随后他会将费用付还。电话倒是接通了，邻居也立即去叫，可他不在。他的父亲来听电话，我顿时觉得很不好意思，因为手术的事完全可以写信告知，我只是想聊聊那么多新鲜感受。这种远隔重洋打长途谈恋爱的做法在当年的环境中实属浪费，对我们父母一辈来说，是不会认同的，当然老人家只是再三叮嘱好好保养。

打完电话难免有些失落感，闲得无聊，便盘算病好了回家最想做的是什么。当然是学会游泳和打网球，我向来认为游泳和打网球的姿势最能体现人体的优美。再有就是要学会骑自行车，在国内，年轻人不会骑自行车，简直和成年人不会自己吃饭穿衣差不多。而我因从小生病，几乎与一切户外运动无缘。很快我就在这胡思乱想中进入了梦乡。

凌晨4点，我被病床上方的高亮度灯唤醒，原来是每天例行的抽血，随后被告知6点去手术室。这时我已是睡意全无，不禁对这场即将经历的过程感到不安与害怕。不安的是万一我在手术中死了怎么办？我突然发现生活还是十分美好，值得留恋的。害怕的是，即便活着，伤口一定会让我觉得很痛，我是最不能经受疼痛的人。可是这个时候退却已为时太晚。后来我当了护士，看到了肾移植的手术过程，才知道和许多其他手术相比，肾移植其实很像一场十分简单的魔术。外科医生将一只移植肾放入病人腹腔，接上动脉静脉两根血管，再接上输尿管。打开止血钳，眼看着本来苍白的器官慢慢变成粉红色。如果运气好，这只新的肾脏很快开始排尿，尿液顺着导尿管，一滴滴地流入储尿袋。我当时其实大可不必那么担心。

十分准时，墙上的钟刚到6点，来接我的带有轮子的手推床已经到了病房。护士帮助我爬上手推床，为我盖上被单，拍了拍我的肩膀，祝我好运。我躺在手推床上，被推着走在一条静静的、长长的走廊里。这是一条连接着几栋楼房的通道，它被一扇扇沉重的防火大门隔断，每到一扇门前，推床的工作人员按一下墙上的电钮，铁门便毫无声息地向前打开，接着又慢慢在我们身后关闭。我不知怎么脑子里跳出“阿里巴巴芝麻开门”的故事，心想山洞里等着我的是什么呢？

终于，最后一扇门对着我们敞开，“山洞”里灯火通明，原来是一个宽敞的大厅。大厅两侧靠墙被布帘隔成一个个小格子，我躺的手推床被推入其中的一格。格子很小，仅够放一张床。一面靠墙，三面围着布帘。除非需要掀开床单做检查，布帘一般不拉上，所以格子虽小并不觉得局促。这就是美国医院典型的手术前等候区。因为我隔夜已做好手术准备，在等候区除了麻醉师来问了几个问题，别的什么事也没有。不多一会儿，我就被推入手术室。

手术室里有几个护士正在忙碌着，其中一个见我进来，过来帮着将我从手推床移上手术台。手术台是金属的，上面只有一层薄薄的床单。不知是冷还是紧张，我浑身开始微微发抖。那个护士很细心，她立刻发现并走了过来。这是一位微胖的中年妇女，穿着手术室的制服，头发塞在纸帽里十分的利索。她从烘箱里拿来一条厚厚的加热过的被单为我盖上，并介绍了自己的名字，说："今天我是你的护士，整个过程我会一直在你边上照顾你。"说完她用双手把我前额的头发轻轻塞进了纸帽。她的语调和动作平和亲切，给了我很大的安全感，与这条温暖的被单一样，让我绷紧的神经和肌肉一下子松弛下来。和这个手术室护士短短几分钟的接触，也许在不知不觉中已经奠定了我后来决定做一个护士的基础。可惜我没有记住她的名字。

几分钟后，麻醉师进来对我说："你马上就会睡着了。"他边说着边在我的静脉输液管加入了药物。我两眼看着手术台上方那盏电影里见过的无影灯，不到一分钟，便什么也不知道了。这样的手术一般需要四个小时。在这四小时内，那位韩国大夫如何像变魔术一样地将一个别人的器官安进了我的体内，我一点也不知道，也不想知道。

第一次肾移植（下）——失败，但并不失望

“她怎么样？”“正在醒来，一切都正常。”依稀听到有人在十分遥远的地方对话，我想睁眼看看，眼睛却怎么也睁不开，整个人好像刚做过什么沉重的劳役，浑身乏力，手脚都动弹不得。大概因为使用麻药的关系，我感觉口渴得要命，麻醉时插了喉管又使我感到嗓子里火烧火燎，脑子里全被一个意愿占据着，就是想大口地喝水。

也许我的微微挣扎引起了注意，有人叫着我的名字并轻轻地摇动我的肩膀。我终于睁开了眼睛，原来是一个护士，正在检查我身上的各种管子。在她身后是我哥哥和侯医生。侯医生对我说：“新的肾脏工作得很好，在手术台上就开始排尿了。”

这话终于让我想起自己在什么地方和为什么在这里。打量四周，这里和手术前的等待区十分相像，是一间被布帘隔成了许多小格子的大厅。厅的中间，是围成一圈的桌子，医生护士们在桌子后面做各种病历记录工作。这在美国叫“复苏室”，也就是手术后等待苏醒的地方。随着麻醉药在体内含量的逐渐降低，腹部的伤口开始感到疼痛。护士每15分钟来检查体症都要询问病人疼痛程度，是否需要镇痛。当我表示需要，她立刻在静脉滴注中加入了吗啡，疼痛很快减缓。至于我喝水的要求，她只给了根一头是泡沫塑料的小棍，就像一根棒棒糖。她将泡沫塑料在冰水中蘸了一下，用它湿了湿我嘴唇，然后让我含棒棒糖一样含着它。不能喝水的原因是为了防止麻醉尚未完全清醒的病人呕吐并意外将水呛入肺部。

大约不到一小时，我从麻醉中完全清醒过来并被转入重症监护室，接着第二天又转入普通病房。在这过程中给我印象最深的是美国医院对病人疼痛的控制方法。转入监护室后，我立刻拿到一个小小的按钮，按钮的另一头是一根通向静脉输液袋的线路。护士告诉我，如果觉得伤口开始疼痛，就按一下按钮，便会立即通过静脉接受到一定剂量的止痛药液。这个剂量是根据每个病人的体症决定，不会超过安全范围。而按钮的使用频率间隔至少是15分钟，病人不到15分钟按第二下是无效的。这就保证了不会因麻醉过量造成损害。如果病人觉得止痛效果不够，每一次滴注的量可根据医嘱适当增加。后来在护校学习时学到这个装置叫PCA pump，它的意思是“病人自控止痛泵”，它的发明使用是基于一系列的科研与实验。在临床实验中发现，很多病人由于害怕等待护士给止痛药的时间会太久，造成疼痛失去控制，因而往往还没感觉疼痛便向护士要求给药。而如果病人知道自己能控制止痛药的滴注，每次需要时可及时得到药物，他们会自觉等到真正需要的时候。其结果是使用自控止痛泵的病人总用药量明显低于不用止痛泵的病人，停药也容易得多，药物依赖性大为减少。想起在国内时，曾见到医院为避免晚期癌症患者的“药物依赖性”而控制止痛药的使用，病人痛得在床上来回翻滚而得不到控制的情景。相比之下，我觉得及时控制疼痛的做法更人道，更符合实际。它节省了护士的时间，也节省了药物，因而也更有利于经济效益。自从有了第一次手术的经历，我对后来30多年中经历的40多次大大小小手术，都能比较坦然面对。

大概因为年轻，我恢复得很快，新的肾脏工作也挺正常，手术前的高血压与浮肿都渐渐消失。由于收到的捐款数额有限，而住院的费用十分昂贵，所以三天后我便出院住到侯医生家中。他们夫妇都是医生，觉得照料我这样一个手术后的病人有足够的经验，所以毫不犹豫地将自己的家变成了家庭病房。

正当大家都在为我手术后的迅速恢复和新器官的功能正常欢欣鼓舞的时候，身体中的免疫机制已经认出了入侵的异己分子，并正在悄悄地调兵遣将去消灭入侵者——这个被通过现代医学手段安装在体内的本不属于自身的脏器。这些兵与将也就是医学上常说的白细胞分类中的淋巴细胞，或者更具体地说就是T细胞和B细胞。30多年后的今天，聪明的人类已经掌握了更好的武器去抑制自身的免疫系统，强行迫使它接受异类，并且诱导它长期和平共处。可1982年的时候，现在常用的这些抗排异的药物尚未问世。我所用的仅仅是激素和一个常用于治疗风湿病的免疫抑制药物，它们抗排异的作用十分微弱。

出院第二天，由于排异，我开始发烧，倒在床上昏昏沉沉地睡着了。一定是发烧引起了幻觉，我发现醒来看见的是一对充满邪恶的眼睛，正虎视眈眈与我面对面。那是侯医生家那只叫新萝的黑猫，不知什么时候爬上床来蹲在我枕边。这是有着一对明亮眼睛、浑身漆黑没有一根杂毛的波斯猫。它显然十分得意自己的高贵出身，平时对它的混血儿同类，甚至对人类常常摆出不屑一顾的姿态。以往它虽然不用正眼看我，却也不见得对我有什么恶意。可当我突然醒来，看到的分明是童话中跟随着巫婆的那只邪恶黑猫。我虽不信鬼神，但看到它还是让我大吃一惊，觉得自己将会被使唤这只黑猫的巫婆拉入地狱。回想起来，那天如果不是我烧昏了头脑，产生了幻觉，便一定是它被鬼附了身。

我很快又被送进了医院，并立即做了移植肾的切片检查。第二天侯医生来到病房，还没开口，就流下了眼泪。她告诉我，移植的肾脏因为急性排异，必须立即取出。不知为什么，我现在已记不清自己当时的反应。感到失望是必然的，但是侯医生对于失败的反应要比我强烈得多。从小养成的对未成为现实的事不抱太高期望的习惯，让我对接受坏消息的能力大大增强。取出肾脏的手术很简单，创伤很小，好像连止痛药都不需要。第二天便出院了。就这样，这个来之不易，寄托着许多人希望的肾脏，只辉煌了不到一个星期。

如果说，踏上出国治病之路是我生活中一个新的开端，那只是一个乐章的前奏，或是一本书的序言。而移植的失败，才是生命真正的转折，是一种完全不同的生活的开始。虽然我在国内28年的生活也是生存与疾病的较量与拼搏，可我在这中间并不是主角。一切都是父母在决策与设法，看什么医生吃什么药，他们张罗，我配合，任何事都是被动的，包括来美国看病，也是哥哥与父母一手操办。从侯医生走进病房带来不如人意的消息那一刻开始，我突然意识到，今后的路将要靠我自己走。朝什么方向，怎么走，都不会有人告诉我。移植的失败并非没让我失望或悲伤，只是当时面临的现实让我没时间去好好悼念那只已经失去的肾脏。募捐而来的款项因住院手术已所剩无几，再做移植的日子遥遥无期，必须马上开始的透析费用十分昂贵，我还需要满足最基本的食可果腹、居有住所。这一切都要立即找到答案，刻不容缓。

当然，这些生存的必须后来一个个都得到了解决。但没有一件是靠我自己的力量可以化解的，许许多多认识与不认识的人为我的生存和发展伸出了温暖的手。在这些人中间，有一个人起着决定性作用，他的并肩同行让我在之后的岁月里能够积极面对而不是消极逃避命运的一次次挑战，能够像一个正常人一样把日子过得快快乐乐。他，就是我当时的男朋友，现在的丈夫。30多年过去

男友刚来美国一周时的合影

了，我们就像两棵种在一起的树，泥土之上，是两株独立的躯干，而地下的根茎却早已盘根错节，不可分割。我们有着各自的性格，也有过许多的争吵，但是只要他在，我就什么也不怕。

侯大夫

高人曾说我“命中有贵人”。事实上，我60多年的生命历程确实得到许许多多人的帮助，而其中的侯大夫不仅仅是救护过我生命的众“贵人”之一，而且，相识30多年来，我们早已将彼此视为家人。对于她的种种不平凡，我一直想写成文字，让更多的人了解。

侯大夫长得矮小纤弱，身高不到五英尺，体重不满100磅。就是这样一个貌似娇弱的躯体里，却蕴藏着一颗博大的心和惊人的能量。

1982年，我第一次来美国途中，因为在东京误了日航班机，改乘联航到纽约，但我的目的地是波士顿。考虑到我第一次到美国，买机票转机会有问题，素未谋面的侯大夫决定飞到纽约接我。飞机抵达波士顿是晚上9点多，她丈夫因为要在家看护几个月大的一个孩子，所以没去机场。但她父亲带着她三岁的女儿早已在机场等候，我一下飞机便受到了她全家的欢迎，犹如离家很久的亲人终于又回到了家里。从见面的第一天开始，她就没有将我们之间的关系定格在医生与患者之间。

第一次肾移植手术失败后，没有经过任何商量讨论，她与丈夫将我接回家中，似乎我原本就是这个家庭的一员，只不过住了几天医院又出院回家了。她知道我一时回不了中国，心中已把我纳入了自己的家庭。虽然我哥哥就在波士顿附近的城市，但哥哥当时是学生，若我出院后住到那儿，无论是居住环境还是今后的治疗，都不能与住在侯大夫家相比。她如果征求我的意见，出于礼貌，我一定不会选择去她家。她大概也料到这点，所以并没有让我做出选择。

从出院那一天起，我在她家中一住便是七年，直到结婚成家。直至今日，我仍是她家中成员之一。逢年过节或孩子们毕业结婚，我和先生都会赶去参加。我与她的生日只差四天，每年我们的生日，两位先生便请两位太太出去吃饭。于她而言，肤色、宗教、血缘的不同，都不能形成人与人之间的隔阂。除了我，她的家接纳过难民、外国交流学生、病人。这些人中有中国人、日本人、柬埔寨人，也有黑人。她的理念也影响了三个子女，他们都具有开放、接纳的性格。她的大儿子医学院毕业后，与一位黑人同学结为夫妻，现在有两个可爱的混血孙儿女。她对于这位黑人儿媳，如同女儿一样关爱。每次儿媳生产，她必与先生飞去守护直至安全生下孩子。

她也是一个非常有个性，有特点的人，处理事情经常有着与众不同的风格。她周围的人常在背后说她是个“nuts”，意思是说认准了一个目标

（左起）侯大夫的小儿子夫妇、大儿子全家、侯大夫及丈夫、女儿全家

便会不顾一切地追求，处理问题往往不合一般的人情常理。我因为曾和她同住，又曾在一个部门工作，所以她种种不寻常的性格与行为我看到的太多。

我刚到美国学开车不久，只有在无人小路上转过几圈的经历，完全没有在大街上驾驶的经验。那天我与她一起去波士顿，她突然怂恿我试着把车开进城。我当时年轻胆大，对开车又极有兴趣，便也跃跃欲试。那天开的是她的手排挡车，这种车在刹车暂停后再行驶时，往往容易熄火。从她家出来后不远，有个上坡，我们要在那儿左转，而左转上去的那条路非常繁忙，又没红绿灯，左转的车必须在上坡的路上刹住车，等候机会迅速左转上路。这对于我这样一个刚刚学了几天车的新手，难度太大，十之八九会左转了一半熄火，而大路上的车猝不及防，定会酿成大祸。令我想不到的是，侯大夫在我刹住车后，下车走到路口，伸手拦住了大路上所有来往车辆，让我将车左转上路。我想，当时所有车辆里的人一定都在骂她是个“nuts（疯子）”。这件事给我留下了深刻的印象，至今记忆犹新。

再比如，中东战事频繁，人民生灵涂炭。她便想要去那做一个民间使节，调解民族和宗教间的仇视关系。为此，她利用业余时间花钱请人教她阿拉伯语。虽然一直没能去成，可语言的学习坚持了好几年。顺带一句，她能说一口流利的汉语和西班牙语。遇到不会英语的中国或墨西哥病人，她从不需要翻译，而是直接与他们交流，使病人对她格外信任。美国人普遍具有的敢想敢做的特点，在她身上表现得更为突出。虽然我觉得有时会有些不切实际，可这正是她可爱的地方。相比那些对生活中的痛苦和不公，只要与自身无关就漠然处之的人，她对于人类的关爱，虽然微小，却像一支蜡烛，为黑暗中无助的人带来些许光明和希望。

侯大夫说话细声慢调，我与她相识30多年，从未见她提高嗓门与谁说话。即使是孩子们小的时候闹翻了天，她阻制他们，也是心平气和，从不大声嚷嚷。同事们取笑她，说连她家里的猫和狗都不服她管，全都无法无天。但她绝不是一个轻易妥协的人，只要她认准的事，可以不撞南墙不回头。她曾在一个教学医院的肾病专科做主治医生，那个医院下属的透析中心归肾病专科主任所拥有，行政上并不隶属于医学院（20年前美国有很多透析中心为医生私人拥有）。这个诊所在接收病人时常常以人满没有空位为借口，排除一些只有州政府保险的病人。而这些往往是穷困的病人，没有好的保险，仅靠州政府的医疗保险看病。美国各州的政府总是年年财政赤字，拖欠医疗费用可达一年以上。医院、诊所对这类保险都很头痛，但也只能拆东墙补西墙，病人还是要治的。可有些私人诊所便拒绝收治这类低收入的病人。当侯大夫发现她的一些低收入病人在需要透析时被迫去别的中心，便毫不犹豫地和她的上司展开了斗争。这时我才知道她也可以变得锋芒毕露，不好对付。为此她大大得罪了主任和科内一些站在主任立场上的医生。主任虽然是透析中心的老板，但他每年两次给所有为透析病人治疗的医生分红，包括侯大夫。这些专科医生都是医学院的教授或助教，但医学院的工资并不高，他们的收入主要来源于为透析中心病人治病。有些医生拿了钱便缄了口，虽然也不同意排除低收入病人，可怕影响到自己的切身利益，便不愿得罪老板。侯大夫做了这个被中国人称为“出头椽子”的角色，当然日子就不好过了。因为斗不过老板，又不愿意同流合污，她坚决地辞职走人，不干了。她就是这样一个外柔内刚的人，在原则问题上，绝不让步。

2004年10月，又一个决定将她一贯的超常规行为推向极致：她决定将自己的一个肾脏捐献给一位第一次见面的墨西哥病人。那天肾移植门诊的诊治室，进来了一对墨西哥夫妇。病人是一位小巧玲珑的妇女。她不会说英语，侯大夫与他们用西班牙语交谈。这位刚刚三十出头的年轻妇女前不久发现肾衰竭，已经开始了透析。她有一双幼小的孩子，其中一个还是婴儿。每周三次她必须离开他们大半天去做透析。她的丈夫是个工人，全家的生活就靠他的工资，因此他无法经常请假。菲薄的收入也无法请人代看孩子。所以夫妇俩希望太太能做移植，这样她就可以全天照顾子女。可是等待肾源的时间，平均是三年半。夫妇俩为此一筹莫展，十分焦虑。侯大夫看着病人那和她一样矮小的身材，一个决定在心中形成。她对病人说："也许你不用等那么久，只要我俩血液相配，我给你一个我的肾。"我想当时病人一定以为听错了，连在场的护士也顿时目瞪口呆，很想去确定一下侯大夫是否在发高烧说胡话。

我那天不在门诊，事后听到这个消息，却一点也不觉得意外。侯大夫告诉过我，她在医学院学习时就决定要捐献一只肾脏，因为人可以靠一只肾脏生活得十分正常。她早就要将肾捐献给我，只是我俩不匹配。她多次和我说起，希望自己在60岁以前捐肾。一则过了60岁，大手术危险程度增加，二则随着年龄增长，肾脏功能也会逐渐减低。她一直在暗暗留意和她身材相仿的病人，因为身材高大的受肾者接受一只尺寸较小的肾脏，预后不理想。而美国绝大多数人的个子要比她高大许多。那天见到这位和她穿同一尺码鞋子的病人，她便知道，这是最好的捐献对象。她的这一举动，在她是酝酿已久，十分自然，而在周围人中间确实引起了一定的震动，甚至误解。虽然在美国，约有50%的肾移植来自活体捐献。但其中75%是来自有血源联系的亲属，24%来自无血源联系的亲戚朋友，只有1%是来自非亲非故的陌生人。这是2014年的统计数据，而在2004年，连1%都不到。侯大夫是有史以来第一个将肾脏捐献给自己病人的医生。科室里有个医生背后议论说："我可以捐一个肾给我的家人，但我绝不会捐给一个陌生人。她一定是个'nuts'。"当然大多数的人都为她所感动。在她的影响下，我们工作的医院有五人向陌生人捐出了肾脏，一时成为佳话，引起了新闻媒体的大量报道。

她又是一个永远有着美好梦想的人，其中最大的一个梦想是在玻利维亚——南美州最穷困国家的热带雨林中建一个诊所，让那儿祖祖辈辈生了病只能等死的老百姓，有就医服药的可能。这个梦想开始形成是在十多年前的一次对玻利维亚的医疗援助。她从一位墨西哥学生那儿得知，一个三岁的玻利维亚小女孩需要肝脏移植。女孩的母亲愿意捐献一块自己的肝脏，但没有人会做这样的手术。侯医生知道后，找到一位美国的肝移植外科医生，动员他与自己一起去玻利维亚为小女孩做移植。当时，这台手术对玻利维亚的肝外科医生开放观摩，不但救活了女孩，也让玻利维亚从此有了自己的肝移植医生。侯大夫为此被授予“玻利维亚移植之母”的称号。就在玻利维亚逗留期间，她亲眼目睹了那儿缺医少药，人民被疾病所折磨而得不到治疗的情况，尤其是在丛林中或深山里的老百姓，一辈子不知道医生为何物。一个新的梦想，开始在她脑海里形成：在那里建一家诊所！

然而，这样的计划要实施并非一朝一夕，也不是靠少数个人的努力可以完成的。其中牵涉的人力、物力、时间与资金是巨大的。刚开始，大家对于她的雄心壮志虽然佩服有加，却也难免暗暗捏着把汗。看着她那瘦小的身躯，每个人都不禁担忧：这样的重量会不会将她压垮？58岁在国内已经该退休，而她却正在开始一个全新的工程。

侯大夫的长处是不仅善于梦想，同时善于将梦想变成现实。建诊所的决心定了，就从选择地点、政府批文开始着手。玻利维亚的政府官员大概还算廉洁奉公，好像不用走门路送回扣之类，很快就拿到了土地开发的批文。她先生在波利维亚的一个学生，是当地的内分泌医生，此人的弟弟是个建筑工程师。不久诊所就破土动工了。

在美国同时进行的是资金的筹措，志愿者的发动。美国虽然有许许多多各类慈善基金会，专为本国及世界各地区的穷困百姓提供援助，各种申请慈善基金的民间慈善团体亦是多如牛毛，更不乏成立已久颇有业绩的大团体。然而像侯医生这样个人的小团体要想争取到资金是十分困难的，所以建立及运作诊所的资金大都来自侯大夫夫妇两人的收入和极少量私人捐款。诊所从破土动工至今日已十年有余，为周围方圆200多英里的百姓解决了就医难。它的医护人员主要靠美国去的志愿者，另有两位从当地雇佣的护士。大多数药品也靠美国方面医药公司及个人捐赠。即便如此，诊所的日常开销仍然是一笔不小的开支。侯大夫与丈夫虽然都是医生，但工资收入毕竟有限。夫妇俩省吃简用，从不穿名牌，开名车，房子破到屋顶塌陷方才修理，除了偶尔看看电影，没有任何娱乐活动。为了筹集资金，她还卖了自己喜爱的首饰。由于诊所越办越好，慕名来求医的人越来越多，开支不断增长，资金来源始终是个问题。好在侯医生夫妇都在大型医学院执教，医学院学生、住院医生中有不少去诊所志愿服务几个月，陆续不断。侯医生夫妇每三个月去一次诊所为病人看病。就这样，她一步步实现了自己的梦想。2015年她回去参加了诊所开办十周年庆典。

也许有人会说，侯大夫出身名门，有学历，有能力，丈夫那么理解支持，子女个个优秀出色，梦想都能得以成真，上天的宠儿啊！然而上天为了让她充分体现性格中坚强的一面，给予她的考验绝不比任何人少。2009年的冬天，芝加哥与往年一样，风雪交加。侯大夫得了重感冒，并咳嗽不止。一个多月后，似乎不见好转，并且人也日渐消瘦。但她仍每天工作，没有寻求治疗。

我们与她一起工作的同事便为她约定了肺CT，强迫她去检查。CT检查结果使我们所有的人都惊愕了：她得了纤维肺。那是一种迄今不了解起因，没有办法治疗的疾病。病人如不能接受肺移植，平均存活率是四年。肺的来源比肾脏要少许多，因为肾可以活体捐献，而肺只能是取之于遗体。另外侯大夫个子矮小，太大的肺装不进，必须等同样矮小的捐献者，这无疑会令她等待的时间大大延长。

我们眼看着她一天天消瘦下去，到了第四个年头，体重已经不到90磅。无法吃东西，只能靠胃管注射营养液，呼吸靠氧气瓶，行动靠电动轮椅。但就是在这样的情况下，她仍坚持每天撑着病体去医院工作。因为行动不便，不能查房，她便看门诊以及整理各种病史记录，写临床研究报告。即便身体如此虚弱，一动便气喘吁吁，她仍坚持每天锻炼，为的是加强心脏功能，万一有移植，可以经受得起大手术的考验。相比之下，我自愧不如。我能吃能喝能呼吸，靠透析活了那么多年，我有什么理由经常觉得活着太累？

那一年，我已离开了芝加哥。一年中我曾四次回去看她，她的情况一次不如一次，大家都做了最坏的打算。每次她住院我回去看她，买的都是单程机票，因为不知道会不会发生意外。即使在这样的情况下，她和全家每一个人都表现得十分镇定。在一起说说笑笑，好像不是面临着随时都可能发生的危机。我和先生每次见到他们，都被这种淡定从容，置生死于度外的人生态度所打动。那年圣诞，她戴着氧气，和往常一样，为全家烤了圣诞樱桃馅饼。这个馅饼是她家圣诞的象征，每年一次，我吃了30多年。那一年的馅饼我吃在嘴里根本不知其味，我的心里在流泪：今后还能尝到这样的馅饼吗？

然而，俗话说“老天有眼”，还真不得不信，

2014年10月10日，我突然接到侯大夫先生马克的邮件，说侯大夫得到一个合适的肺，当晚就要手术。特别巧合的是，十年前的这一天，2004年10月10日，她将自己的一个肾捐给了她的病人。十年后的同一天，一位车祸身亡的妇女，捐出了所有的器官，侯大夫因而得救。是巧合？是冥冥中的定数？至少应了那句老话："好人有好报！"

我和先生立即上网买票，三个小时后我们已登上了飞往芝加哥的飞机。半夜到了芝加哥，刚好赶上在她进手术室之前，能够当面给她我们最由衷的祝福。

手术十分成功。半年后，她又回到了工作岗位，并在一年后再次去了波利维亚。当然，一个肺移植病人一生中将会面临许许多多的挑战和考验。但像她这样一个有着坚强的意志和豁达人生观的人，什么挑战不能面对？

这就是我认识的侯大夫。我笔拙，无法真正

地刻画出一个现实中的她，这仅仅是我的感受。她不是特蕾莎嬷嬷，也没有得过诺贝尔奖，她就是一个普通的美国人。可她是我的镜子，对照她，便让我知道了自己该如何生活。

漫长透析生涯的开始

第一次移植失败后，由于肾脏功能进一步减退，我已经不能够像移植以前那样靠控制饮食来维持生命。只有清洗血液，才能将新陈代谢所产生的毒素排出体外，避免尿毒症。透析有两种形式，即血液透析和腹膜透析(简称血透和腹透)。

1980年代初，腹透刚刚开始在美国各大医院临床使用，还属于十分初级的阶段。与血透相比，腹透对我更有吸引力，因为它可以自己在家中进行，不用像血透那样一个星期三次去医院，这可使我有更多的时间做其他事情。募捐而来的款项已在第一次移植时用完了，用一份工作的报酬来支付治疗费用和日常开销已成为当务之急，所以我不能将每天的时间全花在透析上。腹透的另一好处是它的费用相比血透便宜很多，在没有医疗保险的情况下，还是有可能自己设法筹款支付。从医疗角度看，侯医生也觉得我很合适做腹透。问题是如何说服腹透护士同意训练一个刚来美国三个月，英语并不流利的外国人学做腹透。

在我就医的透析中心负责腹透的是一名年轻的女护士，名叫Peachy，直译成中文就是“桃子般的”，一个很典型的女孩儿名字，有些像中文名字中“春桃”、“甜甜”一类。可侯大夫提前警告我，这位护士的性格并不像她的名字那么温柔甜蜜。她的业务水平很高，工作认真仔细，接人待物态度严肃，科室里的其他护士医生都对她敬畏三分。当侯大夫希望她收下我这样一个特殊的病人时，她没有立即同意，只表示要先看一下这个病人，才能决定是否接受她做腹透培训。

第二天一早，我在侯大夫的陪同下来到腹透

训练室。Peachy身材高挑，穿着一件紧身的护士裙服，一头短短的棕色卷发，的确给人干脆利落的感觉。她从头到脚打量了我一下，就对我说："让我们先从学习洗手开始。"

腹透的最大缺点是病人很容易感染。腹透病人在腹部有一根手术埋入的管子，一头在腹腔内，另一头约有5寸左右在皮外。透析药水通过这根管子注入腹腔，药水在腹腔内滞留几小时后还是通过这根管子排出体外。每次接管子放药水、注药水的过程若操作不慎，很容易将细菌带入腹腔，造成腹膜炎。由于这些操作都在家中进行，病人必须学会无菌操作，洗手，自然是无菌操作中第一道必须学会的步骤。

我当时还未进入护校，对洗手只具有常人的概念，Peachy一边示范一边解释："光靠水与肥皂的冲洗，不能去除细菌。必须要涂上肥皂后反复双手相互搓揉三分钟，再冲净皂液。搓揉加冲洗才能最大限度地去除细菌。三分钟的长度相当于默唱三遍《祝你生日快乐》歌。”她的动作示范加上生动的解释使我十分容易理解。

接着她又用模拟用具教我怎样将透析液接上管子注入及排出腹腔。每一个步骤都是她先示范，接着让我反复练习。半天训练结束后，她给了我一叠资料。里面除了刚学的那些操作步骤的文字指导，还有许多腹膜透析的原理，如何防止感染等内容。刚到美国三个月，国内自学的那点英语要与人自如地交流还有困难，但文字的阅读凭借字典还能对付。Peachy一定是观察分析过我的情况，决定采用文字材料辅助动作示范的教学方法。这种教法确实对我很合适。第一天学习结束后，她表示同意继续培训。一个星期不到，原设定两个星期的训练课程提前结束了，我开始自己在家做腹膜透析。

现在回想起来，我能在刚开始透析治疗时，遇到这样一位擅长辅导并与病人沟通的护士真的很幸运。她使我养成了严格遵守操作规定的良好习惯，在此后八年的腹透过程中，竟然一次也没有感染。我后来自己做过五年腹透培训护士，了解到像我这样的情况，在美国所有腹透案例中实属罕见。难怪美国最大的腹透设备制造公司Baxter，曾花钱买了一袋我透析后腹腔中排放出来的液体，希望能分析出为什么我一直能避免腹膜感染。

就这样，我开始了至今已延续30多年的透析历程。腹透的程序并不复杂。那根手术埋入的腹透管终端是个空袋子。每次透析的程序就是先将空袋子放在地上，腹腔里带有毒素和多余水分的透析液便全部流入这只空袋。接着，我将管子从这个袋中拔出，插入一袋新鲜的透析液，并将这袋新鲜的液体挂在输液架的顶端，这袋新的透析液就全都流入我的腹腔。我将空袋和管子折好，放在裤兜里，一次透析就结束了，我便可去做任何事情。整个过程包括准备工作，一共大约40分钟。透析液在腹腔内滞留四至六小时，利用腹膜上丰富的毛细血管，清洗血液中的毒素，带出体内多余的水分。四至六小时后，我重新将兜里的空袋取出，让腹中液体流入袋中，并换注一袋新鲜透析液。这样的程序每天四次。

我后来成了肾科护士，接触到许多肾衰并即将开始接受透析治疗的病人，他们对我说，当从医生那儿听到自己必须开始透析，便觉得似乎是走到了生命的尽头。许多人甚至表示宁愿等待死亡，也不接受透析治疗。回想自己开始透析时的感想，却是截然不同的心情。刚刚开始做透析的那段日子里，我常常觉得这些简单的设备与操作是那么不可思议。它让我这个濒临死亡的人，突然将死神远远地甩到看不见的地方。除了每天要做四次透析，每次40分钟，我可以像一个正常人那样生活。

刚开始腹腔内整天装着额外的2000毫升（约2公斤）药水让我觉得肚子好涨，药水似乎一直顶到了嗓子眼，什么都吃不下。但慢慢习惯了，也就不再觉得那么不可忍受了。于我而言，透析让我的生命重新开始。可见在人生这个万花筒里，不同的角度，展示的是完全不同的图案。

也许因为年轻，加上透析将身体里长期积累的毒素清洗了出去，我确有一种体力渐渐恢复的感觉。我能吃能睡，体重也从手术后的90磅上升到100磅以上。让我觉得有些害怕的是，每天早上看到枕上落下大把头发。我从小有一头浓密的头发，自从开始透析就不断地落发，直至今日头发又细又软所剩无几。记得小时候笑话谢顶的人，背后给他们起个绰号叫“盛季根（剩几根）同志”，而我自己现在也快成了“盛季根”了。另一个让我烦恼的事是腹中那2公斤透析液，让只有100磅体重十分消瘦的我，看上去像个孕妇。常会有不熟悉我的人问我："你几时生啊？"弄得我啼笑皆非，只能含含糊糊地回答："嗯，快了……"，随后赶快将话题转开。哪个女人不爱纤细的腰身，我也常常对着镜子暗暗发愁。

从开始腹膜透析到八年后转为血液透析，是我一生中最接近常人的一段生活。这其间我完成了护理本科的学习，找到了一份工作，还去了许多地方旅游。这在我来美国之前的28年生活中全都是可望而不可及的。能做到这些，很大程度上应归功于腹膜透析设备简易，只要有一个小小的、无人干扰且干净的空间就可以进行治疗。在学校念书时，我有时去校医务室，但更多的时候就在中午空无一人的教室里透析。工作后，我利用中午吃饭的时间在无人的会议室中更换透析液。美国法律规定要为工作的残疾人提供方便，所以只要没有事先安排的活动，我在会议室内更换透析液的40分钟内，没有人会来打扰。我每天上学上班都用一只双肩背包带上一袋2公斤的透析液和一些零碎的管子，钳子之类。

制作透析液的公司，每个月将药水和一些其他设备送到病人家中。如果病人要去外地，公司会将外出期间所需药水设备送到指定地点，包括旅馆。我在做腹透的八年中，去过美国的许多城市和旅游景点。如果目的地不远，有时我会开车去，将药水装在车里。记得有一次去尼亚加拉大瀑布，从纽约开车要八个多小时。中间我们将车停在一个公墓里，那儿绿树成荫，鲜花盛开，除了安息的灵魂，一个活人也看不到。公墓就在路边，连围墙也没有。车停下后，同车的人下车活动筋骨，我便在车内做透析。

可能是中西文化的差异，在国内，一个人病了，周围的人往往非要你躺着，最好连吃饭洗脸上厕所都不要下床。因为只有这样才能体现出对病人的关爱。事实上有些病并不需要绝对的卧床，下床活动一下可能更有利于康复。短期的病症无所谓，可对于慢性病人来说，如果人人拿你当病人，久而久之，你自己也把自己当病人，忧郁与无望也随之产生。我有幸在28岁时来到了一个接纳残疾人，鼓励残疾人为社会作出贡献的国度，在这样的环境里，我有时真的忘了自己是个病人。

参议员的帮助

一转眼，秋天到了。新英格兰地区的秋天，漫山遍野到处都是红叶，而这红色中又夹杂着金黄，深棕，墨绿……对于在上海这样一个大城市长大的我，阳光照耀下层林尽染的远山，能让我呆呆看上几个小时。

可是我不能成天呆看秋色美景。来美国六个月了，我的护照是访问者签证，只允许在美国境内待半年。国内当时还没有开展透析，肾移植虽曾有个别例子，但仍属试验，且肾源极缺，不是一般人能得到的。所以回国这条路于我是一条死路。要是想留下，如果没有移民局的允许，成为非法移民，也不可取，而且那样也不能工作上学，同样是一条没有前途的路。

我去了移民局，希望能延长签证，得到的回答自然是否定的。想想也是，一个国家当然首先应当保护自己公民的利益。让一个外国来的病人留在这个国家，就有可能会占用付税人交纳的税收。于情于理，为国家把持大门的移民局自然不会同意。从移民局出来，我毫无目的地走在波士顿的大街上，不知自己下一步该做什么，去哪里。天上下着蒙蒙细雨，人人都缩着脖子匆匆赶路。虽然只是初秋，被密密细雨打湿了的衣服贴在身上，被瑟瑟秋风一吹，竟让我忍不住哆嗦了一下。

回到侯医生家中，与她商量，她提出了一个我完全不可能想到的办法——去找参众两院的议员，让他们去找移民局让我延长签证。这个建议对于熟悉美国国情的人来说也许是十分合理可行的解决办法。可是对于刚来美国，丝毫不了解这个国家政治制度的我，似乎是天方夜谭。根据我以往所经历的办事规矩，要想办成一件事，你得先去托一个跟你关系特别好的人，那人必须要么自己有权力，要么和有权力的人够朋友或有某种特殊的关系，层层托人找关系，也许最后能将事情办成。这里面往往牵涉人情、金钱，实在是挺复杂的一门学问。现在侯医生让我去找一个和我没有任何关系的国会众议员或参议员，要求他去移民局将一个已经被否定的个案改变，他凭什么要帮我？侯医生为我解释了这里面的玄机：第一，从道义或情理上说，绝大多数美国人都会支持一个外国人留在美国，如果这个外国人回国后会面临死亡。第二，从本身利益来说，议员是老百姓选举的，他们必须为选民服务，否则下一届就可能失去许多选票。我虽然还没有选举权，可是许多认识我的人是选民。所以侯医生提出这样的建议不是没有根据的。

我怀着将信将疑的心情，再次去了波士顿市中心，找到了当时麻萨诸塞州的参议员桑格斯在麻省州政府里的办公室。说明原由之后，办事员让我两天后再去。不管两天后会遇到什么，我当时觉得能那么快就让我再去已经不错了。两天后我如约又去了州政府，这次接待我的已不是门口的接待人员，而是参议员桑格斯的国际事务助理，一见到她，我立刻被她的形象所吸引。足足有几分钟我暂时忘却了自己来访的目的，仔细地欣赏起站在我面前的这个年轻姑娘。她让我想起了画报上见过的希腊女神的雕塑，一米七十的个子，苗条的身材，白晰的皮肤，脸庞的线条棱角分明。最引人注目的是她又高又挺的鼻梁，即使她没说，我也认定她的祖先来自希腊。

她告诉我，参议员桑格斯听到了我的案例，十分关心并委托她一定要妥善解决我的问题。她希望我能提供一份中国医院或医生的证明信，说明在中国透析与移植尚不具备条件，肾衰病人目前无法治疗。有了证明，她便可以和移民局商量关于我继续留下治疗的可能性。从她办公室出来，下了许多天的阴雨终于停了，太阳努力地从云层中钻出，将光和热洒向天地人间。从办公楼中一下子走到室外，强烈的光线反差给了我豁然开朗的感觉。看着街上的一滩滩积水反射着阳光就像一把碎银子，我很想踩入积水，把碎银溅得到处都是。生命似乎又回到了我的身上。

十分凑巧的是，我在国内的肾科医生当时正在哈佛大学医学院附属医院做访问学者。我找到他，请他为我写一封信证明国内肾病晚期治疗的实际状况。我在提出请求时，心中一点没有把握自己的要求是否过分。这位医生是国内首批派往哈佛的交流学者，事业上可谓如日中天，前途无量。在1982年，写这样一封信，尽管陈述的全部是实际情况，仍然犯了往祖国脸上抹黑的忌讳。

很可能会引火上身，葬送了前途。这位医生是一个十分谨慎的人，他如果拒绝，我也完全能理解。可是他一点犹豫都没有，立即写下了国内尚未开展透析的实际情况，签上了自己的名字。他是又一个将我从死亡边缘拉回来的人。与其他人相比，他的救援更来之不易，因为他是冒着有可能为自身带来的麻烦而伸出援助之手，没有他的帮助，我的故事到此就不得不结束了。

很快，我便收到了移民局的通知，我被允许以自愿离境的身份留在美国。自愿离境的意思就是我可以自己决定什么时候离境，不需申请延长。在美逗留期间，可以合法工作。这和所谓的绿卡（非公民永久居留）没有太大区别。这样一来，我非但可以合法留在美国继续治疗，还可以工作挣钱支付医药及生活费用。后来我还发现了一个附带的好处，就是当我去学校申请入学时，由于我不是学生F-1签证，学校也不太了解什么是自愿离境签证，只要是合法居留，学校便按当地居民收学费，这使我所付的学费比一般外国学生低了许多。

这是我在美国上的第一堂社会常识课。切身的经历让我了解了一些美国两院议员和民众及政府部门之间的关系。议员们是民众投票所选，老百姓可以向他们直接提要求帮助解决问题。他们如果不接受这些要求，那么下一届也许就少了许多选票，保不住议员的位置，而政府部门对于议员的合理合法要求也必须认真对待。后来在工作中常见到有病人在病房中因无钱买药等问题给议员打电话求助，并确实得到了关注，问题也得到了解决。我在肾病护理协会兼任工作时，也曾去国会找负责医疗卫生方面的议员，敦促他们在一些有关医疗问题的提案表决时投对病人有利的票。每次去这些众议员或参议员的办公室，总是有一个他们属下负责医疗卫生的助理，恭敬认真地倾听我们的要求。不管最后提案是否按我们的要求通过，老百姓毕竟有一个机会去影响政府的决策。

一个电话，柳暗花明

多年来，一个情景反反复复出现在我的梦中：风雨中我被人追杀，慌不择路，逃到一个完全陌生的地方。面对着我的是一幢巨大破旧的老房子，大门虚掩。我站在门前，犹豫着是否该逃入这幢充满着未知的房子。后退，唯一的可能就是落入追我的人手中，我必须放弃这一选择。没有别的路，只能是推开眼前的门跨进去，里面或许是黑暗与危险，但也可能是一个等待我已久的“秘密花园”（美国女作家佛朗西斯·霍奇森·伯内特的儿童小说《秘密花园》，讲述了小女孩玛丽·伦罗克斯偶然闯入一个久已禁闭且荒芜的花园，找到了开启快乐的钥匙，花园也因她而复活）。作出进门决定的一瞬间，我便醒来。

这个梦境也许就是我生活中一次次实际经历在睡梦中的重演。生活中我多次遇上棘手的难题，我想绕道而行，避免与难题正面交锋，可往往没有别的路可寻。最后只能抱着拼一下也许峰回路转的心理，去敲开那扇未知的大门。

自从去参议员那儿敲门交了好运，不久我又面临新的难关：透析的药水必须得付款了。谁都知道，美国的药品价格昂贵，没有医疗保险，个人很难支撑。我刚到美国才几个月，还没有正式的工作，自然没有医疗保险。有时帮别人看看孩子，餐馆中端端盘子，只能挣些零花钱而已。可是透析药水的钱拖着不付，供应很快就会中断。没了药水，做不成透析，生命就无法延续。

紧急中，一个人的名字突然出现在我的脑海。他是美国一家实力雄厚、名气很大的医药公司Baxter在亚洲地区搞产品销售的负责人，姓李。

我用的透析药水和设备就是这家公司的产品。出国前，我曾因偶然的机会与他见过一面。当时，他听说我将去美国，顺手就给了我一张名片。我知道，一个普通销售员，工作重点又在亚洲，要在当时的情况下帮到我，几乎不太可能。况且他与我仅仅一面之交，恐怕早就忘了我是何人。好多天我都在纠结犹豫，该不该打这个电话，该如何开口才不显得过分。我一次次拿起电话，还没拨通便又挂了。最后决定只是将面临的困难告诉他，问问他有什么建议，并不请他具体帮任何忙。这样他即使提不出建议，也不会觉得难堪。

这位李先生记性真好，听完我的自我介绍，他完全记得我是谁。我介绍了自己来美后的情况以及目前的困境。听完后他想了一想就说："你可以试试给Baxter肾病分部的主管写一封信，把你的特殊情况告诉他并请求他的帮助。"接着他把这位主管的姓名地址都给了我。挂上电话，我似乎看到了一线希望。就像是穷途末路时推开了眼前虚掩的大门，里面竟有着一条通道将我引向另一个未知的境地。不管怎样，那毕竟是条路啊。

按照李先生的建议，我给这家公司肾病分部主管写了一封请求帮助的信。信中告诉他，他和他领导的团队所研制的腹透设备，使我这个几乎无救的晚期肾衰病人，能够过上接近正常人的生活。我正在计划申请学校继续学业，并希望今后能有一份工作，回馈社会。但是目前我却处于危机之中，一旦透析药水和设备停止了供应，我的生命将无法延续。我恳求他的公司能提供一些援助，让我有时间去专心完成学业，随后只要能得到工作和医疗保险，我就有能力付清拖欠他们公司的医药费用。

信发出之后，我心中不无忐忑。我那时对美国公司的高管一点也不了解，根本不知道他们对于一个普通人写给他们的求援信会是什么态度，甚至不知道我的信是否真会到他的手里。没想到，一星期后我的主治医生就接到了公司打来的电话。核实了我的情况后，他们告诉医生，主管看了我的信已与财务部门商定，我的腹透药水及设备只收半价，直至我有了医疗保险或者我不再用他们的产品。打电话来的人还特地告诉医生，主管说我的求援信是他与病人的第一次直接交往。当他知道一个病人用了他们的产品，起死回生，重新走入社会，他突然感到自己的工作是如此意义重大。他每天的工作不再仅仅是毫无生命的数据、报表，而是活生生的人，成千上万依赖于他和他领导的部门研制的产品维持生命的人。这次能够为我解决危难，从而挽救我的生命，使他非常快乐。这个价格上的改变，意义非同小可。根据当时的物价，只要努力工作，我还是可以负担的。我们常引用陆游的“山重水复疑无路，柳暗花明又一村”来形容绝望中包含着的希望，关键在于一个“疑”字。疑而却步，永远见不到柳暗花明。置疑不顾，奋起一搏，才有可能到达那个春意盎然的山村。

一个电话，柳暗花明，完全是我始料未及的。三年后，我得到了第一份工作，有了保险，我通知Baxter取消特价，直接向保险收费。我欠他们的账也都还清了。素昧平生的陌生人的鼎力相助，又一次救我于危难之际。梦中时常出现的那扇虚掩的门，打开后竟是一条光明大道。我来美国治病经历中最棘手的问题——医疗费用，得到了暂时的解决。让我能集中精力，完成学业，找到工作，最终彻底解决了看病就医的经济保障问题。多年后，我成了有经验的肾科护士，应邀担任Baxter肾病分部的顾问，经常去公司开会。我很想能找到李先生和那位多年前的主管，当面致谢。可惜他们都久已不在公司工作了。

许多年过去，我偶尔还会回忆起当时的情景，试想如果我最终没有勇气拨通那个电话，会有什么样的结局？抉择需要勇气，在我身上这种勇气不是与生俱来的。俗话说“置死地而后生”，没有退路时，急中不光生智，更会生勇。当然，以我当时的处境，我的勇气再大，如果没有一双有力的大手拉一把，还是有可能会摔下悬崖，粉身碎骨。同时，我也深深体会到，再多的援助，也是要靠自己去争取，天上永远不会掉馅饼。

打工那点事儿

第一次肾移植失败后，我便开始透析治疗，相对透析前，感觉好了许多。加之年轻，体力比出国前明显进步，所以，打工的事做过不少。后来随着透析年代久了，并发症越来越多，体力日益衰退，对付日常工作都很吃力了，这是后话。

20世纪70年代末到90年代中，从国内来美国的自费留学生，几乎都打过工。由于学生签证不能在校外工作，加上初来语言仍有障碍，绝大部分学生都在中餐馆做招待。中餐馆的老板也愿意雇佣中国留学生，因为每天只需支付极少的工资，学生的收入主要靠小费。偶尔移民局突击检查，留学生便与他们打游击。所以，那个年代你在餐馆用餐，给你端盘子的很可能是哈佛或耶鲁的高材生。

我并不需要靠打工赚学费、生活费，因为我有“贵人”侯医生，她让我免费吃住在她家，而且一住就是七年。但我于心不安，所以作为回报，我为他们每天做晚饭，周末有时为他们看看孩子。再者，我的特殊签证使我可以享受当地学生的学费价格，并申请到一笔学生贷款，足够支付两年制学校相对低的学费。我打工主要是为了有一些零花钱，用于购买教科书，支付交通费等开销。侯医生常让我用她的一辆旧车，每次用完后我都会将车加满汽油。这些需求也使我必须打一些临时工来解决。

我的第一份临时工是看护一位90多岁的老人，他是侯医生的外祖父。老人的妻子已经过世，他与女儿，也就是侯医生的母亲同住。当时，侯医生的父母要去非洲几个星期，需要有人为老外公做饭洗衣清扫房间，并照顾三只猫。侯医生的母亲征求我的意见，问能否去她家住几个星期。我当时还没有开始上学，有的是时间，且正愁无法报答他们，有这样的机会当然很愿意，并且坚决不要报酬。

外祖父姓拉森，高高的个子，略有些驼背，拄着拐杖，顶一头花白头发。老人几乎从不说话，成天看电视。只有别人和他说话，他才回答，一开口必是满脸的慈祥笑容。在家里，他有个奇怪的名字，叫“孔雀鱼”。那是孙辈们小的时候，大人让叫grandpa（爷爷），他们叫不清，便成了guppy（孔雀鱼)。后来外孙们有了自己的孩子，也跟着叫guppy，我自然也叫他guppy。可每次这样称呼他，我总想笑，因为老爷子跟金鱼怎么也沾不上边呀。Guppy年轻时曾是新英格兰地区著名的企业家，他的弟弟则是美国《时代周刊》创始人之一。据说美国连锁旅馆Howard Johnson(国内叫豪生大酒店）的创始人早年曾欲向他贷一笔款办旅馆。他却说："卖冰激凌的小子恐怕办不成大企业。"没想到他还真是看走了眼，那小子硬是把冰激凌店变成了遍布世界的连锁酒店。Guppy对我说："唉，要是当初我借了钱给他，现在我一定让他为你付医药费。"说完天真地笑了。

现在想想我当时真叫无知者无畏，竟敢接下这份活，根本不知道自己的责任有多大。一栋房子楼上楼下十多间，才来美国几个月的我对这儿的居家生活常识一点也没有。老人除了自己吃饭，洗澡，上厕所，别的一概不闻不问。出了任何问题，我都必须自己设法解决。记得上任第一天晚上为老人做晚饭，我不会用烤箱。主人临走也没有教我，大概根本没有想到一个成年人不会用烤箱。可20世纪80年代初期，即便是上海这样的大城市，有多少家庭使用电烤箱？我把鸡块放入烤箱后便拨动了烘烤的开关，却没注意到另一个旋纽指向的是自动清洁，也就是说烤箱将升温到华氏800度，将烤箱内所有的食物碎屑和沾上的油脂污垢全部烧成灰烬。为了安全起见，烤箱的门在自动清洗期间不能开启，而等烤箱内温度降到安全范围，将在七八个小时之后。当我发现问题时，一切为时太晚，晚饭已全部葬送。我愣了半天，只好对老人说："Guppy，您今天只能吃第二次早餐了，晚饭已成了灰烬。"老人吃着培根，鸡蛋和吐司，十分幽默地说："给伦敦打个电话求救呀。"那时他的女儿女婿大概刚刚到达伦敦，还没来得及转上去非洲的航班，而我这儿已经闹了笑话。

这大概是我在老人家中的几个星期里最富戏剧性的一幕，其余的时间，安静与寂寞便弥漫在这所屋子的每一寸空间。屋子坐落在波士顿郊区远离大路的一片松林中，周围看不到人家，也听不到大路上车辆行驶的喧嚣。1983年的冬天，波士顿常常下着大雪。夜里，我躺在床上，周围是那么安静，一片片雪花从天空飘落，我几乎都能听到它们落在厚厚的松针上的声音。清晨起来，窗外是一片雪白，阳光照在雪地上的反射，炫得人睁不开眼。松林中一只小松鼠在雪地上跳跃，不时停下刨开雪找食吃。它偶尔抬起头，两只小圆眼瞪着玻璃窗后面的我。我们四目相对，我想对它说：“你的家人呢？你也很寂寞吧？”回头看到桌上从国内带来的台历，我突然意识到，此刻正是国内大年初一的晚上，这是我在美国过的第一个春节！几天前我曾收到从小一起学画的朋友们来信，说是约好初一晚上去我家看望我父母，那么他们此时应该在我们家吃着晚饭，桌上会有老保姆郑阿姨做的香喷喷的面拖黄鱼、炸猪排、鲜美的蛋饺汤……我突然感到自己深深地埋在浓重的孤独与寂寞里……

我的第二份短工是为一对年轻夫妇看孩子，

得到这份工作完全属于偶然。由于没有高中文凭和成绩单，无法申请护理学校，我必须修一学期基础课。我没有汽车，只有当侯医生不用车时可借用她的车去学校。所以大多数时候，我坐公交车去上学。这样，就必须在镇中心转车。车站紧挨着一家眼镜店，转车常常要等很久，闲得无聊时，我会去眼镜店逛逛。店主兼验光师是一位年轻的中国妇女，我去了几次后，大概引起了她的注意，她便与我闲聊。一天她问我是否愿意偶尔晚间或周末为她看几个小时的孩子，我便同意了。

她先生是位电脑工程师，在自己家中为大公司做资询工作，有时晚间有应酬，要和太太一起出席，便由我陪伴分别为六岁和两岁多的两个小女孩，直到夜里夫妇俩回来，我便可以离开。孩子们很听话，工作十分轻松简单。

为这对夫妇工作不到一年，我便要随侯医生一家去芝加哥。临别时，这对夫妇郑重地请我在一家中餐馆和他们的母亲一起吃饭。其实他们每次都付我工资，临了大家告别一下也就行了。可这家人却把我当朋友，更让我感动的是，女主人得知我上课看不清黑板上的字，又专门为我验光并配了一副眼镜送我。这副眼镜我戴了20多年，直到后来视力减退才重配。

那一阵，我还有一份较为固定的工作。当时，侯医生的丈夫拿到一笔经费做临床科研，需要将病历中的有关记录输入电脑，以便电脑做系统分析。为了帮助我，他便将这份工作给了我。那时个人电脑还不普及，但他家有一台，我可以不去医院直接在家输入，这给了我极大的便利。每天晚上做完功课，侯医生一家也都休息了，我便开始在电脑上工作。虽然这工作工资挺高，但我却不太喜欢，因为医生的病历记录字迹潦草，极难辨认（好像全世界的医生都一样的），工作进度非常缓慢，而我却是个急性子。后来侯医生一家调动工作去了芝加哥，这项工作便结束了。

和其他留学生一样，我打工时间最长的，还是在中餐馆。不仅因为中餐馆的工作比较容易找，更因为还能混到一顿中国饭。虽然饭店员工的伙食并不好，但总归是中国口味，对于我这样一个住在外国人家庭里，偏又长着一个中国胃的吃货，有着足够的吸引力。中餐馆周末客人多，小费好，大家都愿意做，工作比较难找。我只是在住处附近找到家不起眼的小饭馆，每周只做三次晚餐，倒也适合我，像我这种体力，真要每天打工或者打周末工，恐怕也不能胜任。

餐馆在波士顿郊区的一个小镇上，门面很小，两面靠墙摆了十来张小桌。店里所有员工加起来不到十人。老板每天来，前后监督着整个运作。这是个相貌普通，言语不多的中年男子，据说他有麻省理工的硕士学位和哈佛的博士学位，学的是物理，可怎么会转业开小饭馆就不得而知了。

轻装上阵——打工妹子准备开工啦！

我做的是招待，每周三次从下午4点上班，一直干到晚上9点多歇灶打烊。老板每小时付2块钱工资，另外的收入靠小费。由于我每天要做四次透析，需要去上工的那个下午，我便在临出门前做一次，然后晚上回家再做。员工们都挺善良，也许是出于对我带病打工的同情，他们常瞒着老板做些东西给我吃。我下午一到餐馆，只要老板不在，厨房里的员工一定会让我去喝一碗酸辣汤，吃几个炸蟹角。好几次大厨听说我下班后要去伍斯特（坐公交车约一小时）看望哥哥，就会做满满一盒虾仁炒饭让我带去。老板也不是苛刻之人，我因托不了大盘，每次上菜一盘盘端，他也从不指责。到了芝加哥后，我也曾打过几天中餐馆的工，但很快因为开始了护理学校的学习，时间不够用，便再也没有机会打工挣钱了。

说实在的，我挺高兴自己有这段打工的经历，特别是在餐馆的工作，可以接触到各种各样的人，店里的员工、老板也各自有着不同的性格和自己的故事。餐馆打工的另一乐趣是每天能看到自己辛勤劳动的回报。我先生刚来美国在校念书期间，完全靠打工挣学费。他常说：“端了一天的盘子，下工回家从兜里掏出大把1元票面的小费，一张张抚平，最后一张张数清，是一种极大的享受。”我同意他的说法，后来有了正式工作，每两周发一次工资，都是单位直接将钱打到银行账户上，虽然远远多于打工时的小费，可再也找不回那种数钱的乐趣了。

上学（1）——做学生真好

20世纪八九十年代从国内来美国的年轻人，无论是公派、自费留学还是移民，走的大都是一条十分相似的路，那就是进学校读书，毕业后或回国工作，或找一份工作留美定居成为新一代移民。我也不例外，为了能有一份工作，解决医疗费用问题，我首先必须学一门专业，有一个学位。可当时上学对我来说，既有着巨大的吸引力，却又是那样陌生，使我心存疑惧。这种心理压力，源于我20多年的人生历程中，缺少了一种别人都曾有过的体验：在教室里做一名学生。

我从小接受的正规教育大概只是两岁时上的幼儿园。那是一家条件良好，十分正规的幼托机构——中国福利会幼儿园，由宋庆龄先生创办。小朋友吃住都在里面，周末才回家。我母亲是个典型的事业型妇女，又十分相信儿童早期正规教育，便将我送入这个20世纪50年代初期上海最正规的托儿所。据说我与其他孩子不同，星期一早晨一进托儿所，便迫不及待地将母亲手中的小包接过，道过别，颠颠地跑去教室玩了，全然没有大多数孩子与家长分别时大哭大闹的情景。我似乎并不在乎暂时的分别，可见我生来对做学生的热爱。但就是这样的学生，也没能做得太久。入托仅仅一年，保健医生即通知家长说我的尿中有血，让我退学回家。从此以后，直至28岁那年赴美，我几乎从未持续在课堂上听课超过一个月。

在遍访众多中西名医之后，母亲终于意识到我的病短期内不会痊愈，并将影响到我日后的生活和所受的教育，她决定不能让我成为一个文盲。虽然当时她工作十分繁忙，不可能有太多时间亲自教我断文识字。于是，在我到了可以进幼儿园认字的年龄，她便教会我使用汉语拼音，并从单位图书馆里借来了注音儿童读物。我生病在家，不能像别的孩子一样出去玩耍，有了这些书，我便不再寂寞。记得有一本书讲的是一个叫小夏蒂的女孩，和爷爷一起住在阿尔卑斯山里。她和邻居的小牧童一起，每天带着山羊去吃草，采集美丽的野花编成花环。这本儿童读物向我展示了一个与大城市公寓生活完全不同的世界，书中的主人公天真阳光的性格成了我向往的楷模。50多年后，我仍然记得它的内容和封面上女孩的形象。不久，母亲单位图书馆里的儿童读物全部被我看完了，我也七岁，到了该上小学的年龄。

尽管十分犹豫，但母亲仍决定不顾医生的反对，让我像正常的孩子一样去上学。我有了自己的新书包、新课本、铅笔盒和用彩色画报做的包书纸。但是好景不长，9月1日开学后不到一个月，秋天来临，天气转凉，我很快就感冒发烧引起尿中大量出血。在家休息了一段时候，病情虽然好转，但冬天将至，怕再受凉感冒，一个学期剩下的那几个星期，也就不再去学校了。

家长和学校都意识到，这样的情况似乎不是偶尔发生，要想让我不会永远留级，只有允许我成为学校的特殊学生，生病的时候可以不去教室听课，而是在家自学。学校当时的教导主任孙老师，同意让我在每个学期刚开学时去学校领取新课本，认识新的班主任和其他老师，什么时候病了就不用去上课，由住在隔壁弄堂里的同班小朋友将老师布置的作业带给我，我自己在家照着课本学习。老师对我做不做作业好像并不太追究，平时的测验也不一定参加，唯一的要求是我必须参加期中和期末考试，考试及格就可以升级。因为我老病着，大人也不允许我出外玩耍，一人在家十分无聊，照着课本学习是唯一的消遣。一本课本到手几个星期就学完了，倒也无需任何监督。再说父母成天忙于工作，还要设法为我寻医问药，根本无暇顾及我的学习。就这样从一年级到六年级，我在教室的座位绝大部分时间是空着的。有几次考试我正病着，老师几天后将试卷拿到家里让我考，还有一两次我是在孙教导办公室里答的考题。不知孙教导今天是否仍健在，真想对他说一声谢谢。他对原则的灵活运用，使我生病了但没误学习，能和正常孩子一样一天不拉地完成了人生最初的六年基础教育，只是不在教室内。

当我和同学们进入初中一年级时，那场史无前例的“革命”已是如火如荼。大家都不用去上学，父母去了五七干校，我们就像一群无人管束的野孩子，除了因为父母工资被扣，生活费有些紧张，日子倒也过得无拘无束。在这段逍遥的日子里，我也跟风学拉琴，学画画，学外语，学数学，可惜天分太差，十八般武艺一样也不精通。

中学毕业，别人上山下乡，我病休在家进了里弄生产组。

一晃十年过去了，1977年高考恢复，我的朋友们找来各种“文革”前出版的教科书，个个日夜拼搏复习备考。我们这一届进入初中时已停课闹革命，一点文化课也没上过。六年初、高中的课程要在六个月中学完，一口气吃成个胖子，撑得半死。我自然也向往步入神圣的大学课堂，把十年中浪费的时光补回来，把本该属于自己的知识装入头脑。可是当时高考之前首先要体检，我因为患有慢性肾病，连体检的资格都被取消了。梦想被彻底打破，倒也省了白花功夫备考。看到朋友们考进大学，戴着校徽，神气地成了十年浩劫后第一代大学生，十分羡慕。想到自己永远不可能再有上学的机会，心中难免失落。

多年后，当我第一次坐在美国的大学课堂上听老师授课时，心里的感慨难以形容。是梦想成真？是遗憾这一天来得太晚？还是害怕自己基础太差，语言有障碍，跟不上班级整体的进度？大概五味陈杂，兼而有之。

既然要上学，首先需决定学什么。当时国内来的学生中，百分之九十九是选择理工科。原因是理工科对英语要求不像文科那么高，而如想要留在美国，理工科，特别是计算机专业比较容易找工作。所以有些原来在国内学文科的人，来美后也改学工程或电脑。于我而言，一切从零开始，能够在最短时间内毕业找到工作的专业就是首选。有人建议我念护理，因为美国历来缺少护士，找工作比较容易。但也有人劝我别学护理，说是十分难念，特别对英语不是母语的外国人来说更难。可我对工程、电脑这些专业毫无兴趣，看我哥哥的教科书像天书一样不知所云。而因从小生病，我在国内时就常找一些与医学有关的书籍自己瞎琢磨。到美国后短短一年中多次出入医院，美国护理人员给我留下了极好的印象。他们专业上十分独立，有着自己职责范围内的全套系统规则。他们在医院中的地位与医生完全平等，相互尊重。他们在护理范围内的决定，医生也必须听从。对于病人，他们有更多的机会和时间去关心、教育和支持。还有更重要的一点，那便是时间上的优势。我没有大学本科学历，如果学任何别的专业，起码要花五至六年的时间完成本科及硕士的学习才能找到工作。若要付医疗费用和再付六年的学费，又没有固定工作，实在不太可能。而念护理，我可先花两年时间，念一个相当于国内大专的护理副学士学位，然后通过护理执照的全国统考（美国允许副学士学位毕业生参加统考），便可拿到执照，去医院应聘。而且，许多医院为这些两年制毕业的护士提供部分甚至全部学费，可以边工作边上学，说不定还可免费念完本科，甚至硕士、博士学位，对我岂不太有吸引力了。虽然念护理可能难一些，但所学课程会比较有意思，也更容易理解，我便选择了这一专业。

现在美国要进入护理专业，必须要通过一个叫PAX的考试。1980年代还没有一个这样的统一考试，但要申请护理专业，必须有高中文凭并附成绩单。我的高中正处于“文革”时期，没上过一天课，哪来的文凭和成绩单啊！这样，我就必须先修英语、数学、生物、化学四门课，再凭成绩申请入学。

我在附近的一所社区大学选了四门课，一本正经地做起了超龄学生。好在美国大学里各种年龄的学生都有，也没人注意我的年龄应该早就念完本科。开学之前，我对自己能否顺利修完这四门课一点把握都没有，或者说我对自己是否能做一个合格的学生完全没有信心。英语和数学都是十分基础的内容，在国内也曾胡乱自学过一点，所以并不觉得太陌生。化学和生物是从未学过，一点概念也没有。但恰恰是这两门课程的学习过程让我逐渐建立了自信，而这份自信又使我在后面的学习中越来越得心应手，进入了学习的自由王国。我一点都不后悔花了一个学期的时间学习这些极其基础的，只有高中程度的课程。它们让我从一个缺乏正规教育训练的，不合格的学生，变得和别人一样能适应任何学习环境。

第一堂化学课是早晨第一节课，经过一夜休息，我精神很好，做好了听不懂的准备，打算手眼耳并用，尽量记下老师的讲课内容，回去再对着课本重新整理笔记。化学老师是个非常年轻，身材灵巧的女教师。她自我介绍叫苏珊·格兰蒂，接下来就发给每人一份讲义，那一节课的所有内容，都清清楚楚地写在讲义上。这样一来，我便不用手忙脚乱地做笔记，可以专心致志听清老师的讲课内容。格兰蒂老师说话嗓音不大，但非常清楚。她略带一点新英格兰口音的语调给人以很强的乐感，就像人们形容某人“说的比唱的还好听”。听她的课是一种享受，一个个枯燥单调的化学元素到了她的嘴里都变成了音符。下课回家再对照她发的讲义回想一下，课堂上所讲的内容似乎全部记忆犹新。我突然发现化学原来是如此有趣的一门学问，真有与它相见恨晚的感觉。假如早十年，我18岁，假如我可以和别人一样上大学，我一定选化学作为主修……当然那只是假如。因为喜欢，学习便全然没有痛苦，成为一种娱乐。只是化学元素周期表是必须在考试前死记硬背的，没有捷径。我发现了一个有效的方法对付考试。因为化学课正好是早晨第一节课，我在前一晚临入睡前把表格反复看上几遍，然后立即入睡。早晨醒来脑子里除了那张表，什么都不想。到了考试时，那张隔夜强记的元素表，好像就在眼前，一目了然，效果不错，每次考试都是100分。这个办法后来我多次用于

应老师们邀请参加周末小聚，左一是我，右二是格兰蒂老师

需要强记的学科，像微生物、药理等学科，挺有用。格兰蒂老师后来和我成了好朋友，当她知道我经济上有困难时，便通过学校领导，让我做化学和数学两门课的学生辅导。学校付我2美元一小时，虽然很少，但对我多少是个帮助。毕竟这只是个二年制的社区学校，不能与大学研究生院的教授助理相比。

生物课又是截然不同的另一类的老师，50多岁的老头，上课时随便套上一件休闲的上装，说话又快又含糊。从来不发讲义，偶尔随手在黑板上涂几个概念，中间用莫名其妙的直线、曲线连上，让人摸不着头脑，根本无法做笔记。第一堂课，他从宇宙大爆炸讲起，一直说到当今的生物环境，从单细胞生物一直说到现代人类，一个多小时滔滔不绝，把我听得云山雾罩，完全迷失了方向。下课铃声响起后，只听他说了下次上课前该念完的教科书页码，可对于他布置的作业，我一点也没听见。结果第二次上课别人交作业，我傻了眼，只好说忘带了，第二天补交。几周后我发现这门课也有容易的地方，不管老师讲课时多么难做笔记，回家后只要认真看教科书，应付考试没问题。最特别的是，老师在学期结束前两周宣布，期末没有闭卷考试，而是每人交一张图，用文字或文字加形象，把生物在生命循环中如何消耗能量以保持自身的活力，以及这一活动与环境的联系解释清楚。其实也就是将这一学期学到的知识概括一遍，只是这个考试形式有点别出心裁，学生必须真正理解课本的内容，并将它变成自己的语言表达出来。美国的老师可以自由发挥如何教学生，没有所谓的教学大纲来束缚他们。我也挺喜欢这样的考试，它可让我有足够的时间把我理解的东西归纳表达出来。我在文具店买了一张大纸，运用我多少学过一点的画画技能，图像加文字，再加各种连接的线条、箭头标志，一张纸上琳琅满目，和军事地图差不多。这张作业交上去，老师看在我态度认真的份上，给了A+，这门课就这样对付过去了。

一学期很快就这样结束了，做学生虽然有些辛苦，但能换来一份好成绩，倒也是意外的欣喜。学期结束后，倒头大睡一觉的那种舒服和幸福感，不经历是体会不到的。同时我也认识到，每门学科都有自己的特点，只有掌握了合理的学习方法才能做到事半功倍。总的来说，做学生的感觉挺好。

上学（2）——护理学校

申请护理专业所必需的四门预科结束后，便是圣诞、新年。

很快春天又到来了，该是申请护理学校的时候了。本想继续在同一学校念护理，一来对学校已熟悉，二来这所学校破天荒地主动提出给我奖学金。在美国，外国学生几乎从来拿不到本科奖学金，各大学对外国人提供的经济援助都是针对研究生院的学生。我自然很高兴有这样的机会。

可是情况起了变化，我不能继续留在波士顿。因为侯医生决定去芝加哥工作，全家也将迁去那里。经过两年的共同生活，我们已成了一家人。他们全家都不愿我离开，特别是三个孩子（那年2

月，他们的第三个孩子出生了）。侯医生十分希望在他们刚到一个新的城市，还没有找到合适可靠的保姆之前，由我为他们照顾一下三个孩子（在一个陌生的城市找一个可靠的保姆需要时间），他们夫妇可在新的岗位安心工作。而且暑假的三个月，孩子们每天在家，也必须有人陪伴。从我的角度来说，和他们一起去芝加哥，为他们解决一些后顾之忧，不仅是对侯医生全家的报答，更因为这样侯医生可继续做我的医生。于是，我决定放弃原先的升学计划，离开常可见面的哥哥，告别刚刚开始熟悉起来的环境，飞往一个完全陌生的城市。

格兰蒂老师和其他几位熟悉的老师都劝我留下，他们觉得侯医生家的需要，可让他们自行设法解决。我无法向他们解释中国“滴水之恩，涌泉相报”的传统观念，只能婉言谢绝了他们的好意和那笔奖学金。

整个夏天，我带领着三个孩子，每天去游泳，吃冰激凌，参观动物园，皮肤晒得黝黑。而那年夏天更快乐的是，男朋友终于来美国读研究生。虽然他在芝加哥只待了短短的一个星期，便去了德克萨斯上学。但那一个星期里侯医生的保姆已上任，我们俩不用看孩子，每天都去芝加哥城里，到密歇根湖畔、博物馆、唐人街到处瞎逛。

刚到芝加哥不久，我便着手申请护理学校。为了尽快工作，我选择的是两年制的学校（相当于国内的大专），打算工作以后，再去四年制的学校继续念两年完成本科。距侯医生家不远，就有一所学校，它的护理专业以毕业生通过护士执照考试的高比例而闻名，许多人从很远的地方来报考。那个年代电脑还不普及，更没有网络，申请学校必须本人去学校报名并交上一应文件。那天招生办公室接待我的是一个在空调房内仍然满头大汗的胖胖的中年妇女。她用眼角扫了我一眼，打着官腔说：“我们学校报名的人很多，竞争激烈，你要做好思想准备，今年不被录取。”听那口气好像这学校比常青藤大学还难进。回家后我考虑是否要去别的不太热门的学校试试，因我身负重债，实在不能再赋闲一年。可又不想放弃这个离家近又是芝加哥最好的两年制护校，而舍近求远去一个不理想的学校。

没想到，我上个学期在波士顿修课的4.0学分绩点帮了大忙，我很快便收到了学校的录取通知，秋季开学。人们都说护士专业难念，不是背一张元素周期表或画一张生命循环图就能对付的。听说有些外国学生护士执照考了十多年都没通过。所以，高兴之余我也暗暗告诫自己，必须端正学习态度，下狠功夫，争取考出执照。

果然不出所料，第一天上课，老师珊蒂就用半堂课时间给了我们一个下马威：“今天在座的各位，到了下一个学年就只有一半仍坐在这个教室里了。我们的教师配备也同样，二年级是一年级的一半，因为这个学校护理专业的淘汰率是百分之五十。第一年分数不合格的学生，第二年必须离开护理，转入其他专业或者离开本校。不是要和学生作对，你们必须理解，四年制护理学校学的课程，你们要在两年内学完。因为考执照时不分两年制还是四年制，考题是一样的。为了保证学校在执照考试中的通过率名列前茅，我们必须把明显跟不上的同学去除！顺便告诉你们，我有头痛病，我头痛发作的时候，往往出一些不预先通知的测验。”这番话听得学生们面面相觑，暗暗叫苦，不知自己怎么摊上这么个与学生为敌的老师。我还不识相，下课后去问她是不是可以用录音机录下她讲的课，回去整理笔记。她扫了我一眼回答说：“课堂上不准用录音机。你课堂上记不下来，难道今后在医院工作也带着录音机？”

后来我发现，这个学校凡是教护理专业课的

老师，无论是护理基础还是在医院实习的带教老师，都和珊蒂一样严格到了几乎是苛刻的程度。而只要是护理课程之外的老师，比如心理学、人类学、微生物学等学科的老师，则个个和蔼可亲，有事好商量。教我们内分泌学的老师是个退伍的军队护士，对学生完全像对士兵一样严格。记得在医院实习早晨7点开始，半小时之内要将当天分配到的病人的病情大致弄清楚，另外这个病人服用的药物，每一个都必须知道剂量、用途、主要副作用及发药时的注意事项。7点半向她汇报，8点开始进入指定的病房。我英语的阅读速度比美国同学慢许多，有时分配给我的病人要服用十几种药，半小时之内我连一半都还没查完。第一个星期的实习我几乎天天超出半小时的规定，轮到我向老师汇报时我还在查阅药物手册。这个带教老师一点不客气地对我说，如果不能在规定时间内完成该完成的工作，就不该继续学习护理。显然她要把我归入那百分之五十被淘汰的行列中去。

好在我的脸皮够厚，心想现在只是第一年的开始，学校也没说让我转专业，你说了不算。不过我也知道必须想办法把自己的速度提高，否则我过不了临床这一关。当天实习结束后，我没有立刻离开医院。我把那天病区里病人的病史记录都看了一遍，发现内科病区的病人大多数是心血管及呼吸系统疾病，因此他们用的药主要是针对这两大类疾病。同一类型的药，作用以及副作用都很相近。所以，我决定事先将这几类药的特性写在索引卡上，以后每天拿到分配的病人，先看清病史及当天医生处方，而说出这些药的特性就只需看口袋里的卡片，半小时足够了。内科实习结束后，轮转到其他科室我都如法炮制，慢慢对一般常用药也就熟悉了。

这个军队转业的带教老师对学生的服饰要求也很严格。芝加哥的冬天十分寒冷，我们学生护士穿的制服是白色短袖上衣和白色长裤，全是化纤的布料。到了病区脱了大衣，只穿短袖实在是很冷。特别是透析病人都有贫血症状，特别怕冷的我便在制服里面穿了一件白底粉色圆点的高领棉毛衫。老师一看见就叫住我，说我服装不符合要求。好几个同学也在制服里面穿了类似的长袖针织衫，大家一致反抗说实在太冷。最后老师终于让步，但要求必须穿全白色，害得我们全都得去买白色长袖棉毛衫。

后来我再去四年制学校修本科，虽需边工作边上学，但并未感到太大压力，就是因为经历过这所学校护理专业老师高压强制型的教学。当时养成的好习惯，让我受用了一辈子。

在这个学校的两年中，还有一大收获是遇到了我一生的好朋友。从她那儿所得到的学习上的帮助，精神上的支持与理解，是我能够以名列前茅的成绩从护理学校毕业的基础。那天由于珊蒂老师断然拒绝了我上课录音的要求，我只能试图记笔记。大概是因为要赶在两年里将四年该学的知识压缩教给我们，让我们掌握所有执照考试可能涉及的内容，学校的教学进度很快。我们每五周学一个专科，每个专科的教科书都像一块厚砖。所有老师讲课都不是讲，而是拿着备课讲义念。听了第一句还没记完，老师早已念到第三、第四句了。当我集中精力试图记下听到的内容时，老师讲的什么，却根本不知道，把我气得真想揪下自己的头发。不光是我这个外国人跟不上，大多数美国同学下课后也都在抱怨，而且珊蒂讲课不发讲义。

好几次在全班抱怨的时候，我发现有位年龄略长的女同学从不参与，而是不声不响地在写好的笔记上修修改改。老师讲课时，我发现她手中的笔从未停止过。这时又得归功于我的厚脸皮，我找了个机会走到这个同学跟前。“弗兰”，我招呼她，“我好像撑不下去了，下学期肯定要被淘汰了”。接着告诉她我英语不好，老师讲课太快，记不下。为记笔记，讲课内容又没听清。虽然回去能看教科书，但珊蒂事先说明她的考题百分之五十是讲课的内容。我问她：“你什么都能记下吗？有什么决窍？”她把她的笔记让我看，这下让我目瞪口呆！她不仅记下了全部讲课内容，连老师中间插入的笑话也记下了，只差老师打个喷嚏她没记。我不得不对这位平时不声不响的同学刮目相看。没等我开口，她竟主动对我说：“学期才刚刚开始，你不要放弃。记笔记的速度要靠练习，不是短期内能提高的。如果我的听课笔记对你有帮助，以后每次下课你就拿去复印。”她如此主动，我自然求之不得。有了她的笔记，上课时我不再忙于记录，而是集中精力听课，回去对照弗兰的笔记回忆一遍讲课内容，加上阅读教科书，学过的东西很快便印入了大脑。

几个星期之后，珊蒂教的护理基础结束了，我们进入了别的专业课程的学习。其他老师尽管也讲得很快，但多数会发讲义。对有些没有讲义的课程，我也不再拼命去记。我改变了学习方法，上课集中精力听讲，回家认真阅读教科书，一遍不够两遍。这样，该学的内容也基本掌握了。

虽然我不再借用弗兰的笔记，我俩却成了好朋友。与她的接触多了，我才知道她多年前大学毕业，做过许多不同的工作。当时她已是一个孩子的妈妈，决定改行学护理。四年本科生的基础训练，包括记笔记，使她掌握了学习的要领和窍门。她时常毫无保留地将这些要领窍门传授给我，使我从一开始的手足无措到游刃有余。记得在学微生物学的时候，我们必须熟记几十种细菌包括它们的生物种类、生存特性、革兰氏染色属性、在人类中可造成的疾病、传播途径、治疗等。面对这些念都念不出的细菌，要一一记住它们的分类与特性，实在让人头疼。弗兰上个学期已修过这门课，我便去向她讨教。她教了我一个制作卡片的方法。当我按照她的方法制作了几张卡片后，觉得已经在头脑中理清了这一大堆细菌的主要特征。我用当初背化学元素表的办法，考试前一晚和临考前看一遍，考试时卡片上的内容好像就在眼前。这次考试许多同学不及格，大家在课堂上纷纷要求老师重出考题，理由是既然大部分人不及格，说明考题不合理。在一片愤愤不平的声讨声中，微生物学老师走到我的身边，一本正经地对我说："谢谢你用优良的成绩证明我出的考题是合理的，只要认真学习就能答对。"他接着对全班同学说："她的考分是98分，如果考题不符合教学的内容，那么她是如何答对了题目？"我心中暗想，如果没有弗兰传授的正确方法，我也同样会不及格。正确的学习方法能产生事半功倍的效果，而能否悟出正确方法，取决于人的智商。弗兰无疑是一个高智商的人，我只是得益于别人的高智商，弥补了自己的不足。我常常感叹自己的幸运，关键时刻总有“贵人”出现，扶持我渡过难关。而且，弗兰不仅是笔记做得快，她的文化修养和思想素质也远远在班上大多数同学之上。

由于逐渐习惯了护理专业学习的压力，第一个学期的后半程我开始真正喜欢每天学到的有关人体、病理、医疗和护理等方面的知识。学期结束时我的名字被列入“校长名单”（美国学校一种鼓励成绩优良学生的小伎俩），而且之后每个学期都会上这张名单。第二学年开学时，确实发现班里不少同学不见了，他们有的转入别的专业，有的离开了学校。开学后不久，我被邀请加入Phi Theta Kappa，这是一个两年制大学优秀学生荣誉联合会，在美国、加拿大、德国等都有会员。护理系只有我一个人被邀请。看着标志会员身份的金钥匙别针和黄缎带，我心里十分清楚这些成绩

左一就是曾在学习中给予我很大帮助的弗兰，中间是同学琳达，右边是我

和荣誉靠我自己是不可能得到的。没有弗兰毫无保留的帮助，刚入学时的那道坎过不了，我大概就只有加入转专业的行列了。

30多年后的今天，我和弗兰仍是好朋友。虽不常见面，但彼此不忘对方，偶尔通个电话相互问候。她在50岁生日的时候，完成了护理硕士学业，成了一名和医生一样能独立为病人看病开处方的高级护师。她永远是我职业和精神上的楷模。

这个学校的老师和我们这些学生的努力没有白费，两年后，大家参加了为时两天的护士执照考试，记得全班十几个同学只有一人没有通过。我虽然后来又花两年修完了护理本科，但我觉得自己护理专业上的绝大部分知识来自这所两年制大学。对了，说了半天，还没告诉大家这所学校的名字，它叫崔莱顿学院。崔莱顿是希腊神话中海之信使。他有一只海螺壳，用来作为号角。当他用力吹响这只海螺的时候，就像一只勇猛的野兽发出的咆哮，扬起汹涌海浪，连具有神力的巨人都为之动容。我十分喜欢这个名字。

全校各系共有十来个学生被授予Phi Theta Kappa金钥匙别针和黄缎带，毕业生出场走在队伍最前面

上学（3）——西北大学

1986年，我从两年制大学毕业后的第一个工作单位，是芝加哥大学附属医院。我终于有了医疗保险，透析不再需要享受半价。因为有了固定收入，欠下的医疗费用也还了。读护校时曾借过一笔学生贷款，工作后的两年内也逐渐还清。

工作两年后的1988年，单位鼓励两年制大学毕业的护士继续修本科，因为美国当时正在不断淘汰两年制护校，计划在几年内做到只有本科毕业才能参加执照考试。同时也鼓励更多的本科毕业护士去进修硕士和博士学位。医院要求各科室允许回校学习的护士调整工作时间以适应学校的课程。不少护士每天工作十小时，每周四天，其中两天排在周末，这样周一至周五只需上两天班，三天上学。我在透析中心工作，中心周六仍有病人，所以我每周六工作，周二全天上学。单位还规定，只要在校成绩合格，学费全部报销。后来我选的西北大学，全年学费5000多，要是自己掏腰包的话，我肯定拿不出。

芝加哥有好几所综合性大学设有护理学院，了解下来我选中了西北大学。它为已经是护士的学生回校补完本科课程设立了一个专门班，这班上的学生每周只需上一天课。但这天需从早晨7点到晚上7点，除中午吃饭一小时，12小时一课接一课，没有间隙。虽然上课的这天非常累，但对于必须工作的人来说，这样的排课提供了很大的方便。选中西北大学的另一个原因，纯粹是国人固有的相信名校的心理在作祟，我也是凡夫俗子，行事有时也免不了虚荣心的驱使。

但申请西北大学要求申请者提供ACT成绩。

那是美国高中生升大学的一门各学科综合性考试。这对在美国念高中的同学完全没问题，而我当初进两年制大学并不需要提供ACT成绩，所以我一直没有考过。为此，我只能去本地的ACT考试机构报名。考试那天，我混在一群十六七岁叽叽喳喳的中学生中间，像是来找孩子的家长，倒也没人注意。考试包括英语、数学、自然科学和社会科学。数学里的几何三角、自然科学里的物理部分都从没学过，化学部分刚学过还能对付。只有社会科学部分里的历史、基础心理学等题目以及英语，对我来说不算难。有人说过，考试遇上只能交白卷的情况，如果是选择题，可以选答案中A至D中间任何一个字母为答案回答所有问题，那样至少有几题会是对的。那天物理和几何题，我全部选了A。出了考场想想，有那么多题目交白卷，总分大概不够了。没想到结果出来还算过得去，估计瞎蒙蒙对了不少。

西北大学录取通知书来的那天，我轮休在家。前一天科室刚好宣布提升我为代理护士长，前提是我必须尽快拿到本科文凭，才能转正。尽管是代理，工资照涨。从刚毕业两年的小护士上升为护士长，年薪一下子涨了9000美元。尽管涨了工资仍然属于低薪阶层，可穷人没见过大钱，捡了两块钱就以为自己发财了。既然发了财就想与人分享，男朋友在纽约工作，没法一块庆祝。只有侯医生家的三个孩子是我的忠实拥趸，也不会笑话我的幼稚。我立马决定带三个孩子去游乐场。他们也不知为何不是周末我却想到带他们出去玩，暑假在家憋得慌的他们也不愿多问，一拥而上坐进了汽车。我把腰杆挺挺直跟孩子们说："今天想玩什么就玩什么，想吃什么就吃什么，多少不限。"赢来一片欢呼。难得装一回财大气粗，感觉还真好！

本来，我想将两年本科分成三年修，不至于太累，毕竟还得全天工作。没想临开学前接到学校通知，因财政短缺，西北大学的护理学院将关闭。学校情愿将大量资金用于体育馆的建造，而不愿花在培养十分短缺的护士。在美国，一个好的球队对于一个大学的重要性，远远超过一个好的护理学院。我们将成为西北最后一届护理学院学生，两年之内必须毕业。这样一来我便不能延长修课时间，但护士长又不能做半工。结果是，我必须全天工作，全天上学。

1988年夏天，我结婚了。一来成家后该有自己的住处，二来西北大学护理学院和我工作的医院都在芝加哥东面，沿着密歇根湖开车只要20分钟。而侯医生家在芝加哥西面，开车到学校要一个小时。早晨7点上课，5点多必须出门。这样，我便从侯医生家搬出，在医院附近租了一个公寓。毕竟在侯医生家住了七年，搬家时不仅医生夫妇显得挺伤心，最不能接受的是他们最小的孩子。那是我看着出生的，侯医生让我做他的干妈，他

我俩穿着各自学院的球队球衣

从小和我感情极好，知道我要搬家，以后不能每天见面，他躲入自己的卧室伤心地哭泣。我去安慰他，他说："以后我见不到你了，你不再为我念临睡前的故事了。"我只能告诉他并不是这样的，我会常来看他，带他出去玩，他也能常去我的公寓过周末。

西北护理学院除了我们十几个已经有护士执照的学生外，另有几十个学生是从高中毕业直接

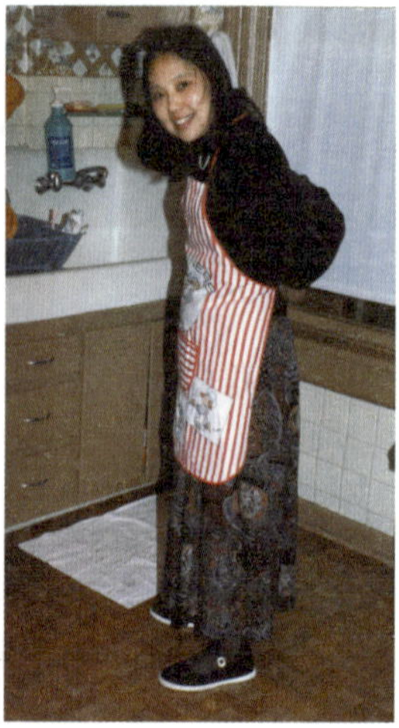

在自己的小家开始学做厨娘

进的护理学院。这里上的课虽然也有一定难度，但都是我喜欢的，学习就不是一种负担。记得其中有病理、药理、生化、科研与统计、社区服务这些非常有趣又很实用的课程。其中病理让我对平时工作中遇到的许多现象，有了知其所以然的理解。而科研与统计为我多年后在护理期刊上发表文章打下了基础。

尽管学习压力与在两年制的崔莱顿比不算什么，但我必须一周工作五天，每天还要做透析，时间不够成了最大的问题。那时先生回到芝加哥也在西北大学念商科，他也有许多功课要做，而我俩只有一台电脑。那年月电脑还不普及，学生能有一台自己的电脑已经很不错了。为了最有效地利用有限的时间来完成工作、学习、治疗和吃饭睡觉，同时也能最合理地使用电脑，我们俩制订了一个奇特的时间表。每天晚上下班回家我用最快速度做一些简单的晚餐，一吃完，大约7点半左右，我立即开始透析接着就上床睡觉。先生洗完碗筷，便上电脑做作业。到半夜11点，他来睡觉，同时叫醒我起床做作业。我从11点开始做作业到半夜2点，再继续睡三个小时，清晨5点起床上班。年轻睡眠好，头一落枕便能入睡，两个三小时的时间段，加在一起也有了六小时睡眠。中间三小时做作业，也还能对付。倒是医院的工作让我觉得不好对付。也许我天生不是做护士长的料，一点也不适应也不喜欢代理护士长的工作。我就在这时间永远不够与工作烦人两重压力的夹缝中度过了西北护理学院的第一学年。

芝加哥在美国中部，虽无遍山红叶，但秋高气爽。我们的小公寓离密歇根湖非常近，我工作的地方就对着大湖。密歇根湖一向因为有着只有海水才具有的那种湛蓝色而闻名，秋天，蓝色就变得越发深邃而迷人。站在湖边远远望去，水天一色，人似乎被这无穷无尽的蓝色吞没，自己也变成了一片蓝色。1989年10月，一个晴朗的周末。我们小公寓里的几户留学生说好了一起去湖边摘苹果野餐。那天玩得十分尽兴。下午刚回到家，我便接到芝加哥大学医院打来的电话，说有一个肾源，如果愿意，可立即去医院。

第一次移植失败后，我便重新在器官移植组织登记，等待了七年，总算轮到可以再次接受移植。可是这个肾来得不是时候，学期刚刚开始，我就去住院，拉下一大截课程，毕业就成问题。学校将停办护理专业，推迟毕业不可能。然而拒绝等待了七年的移植机会，似乎又是不理智的选择。如果一个人能预知未来，那么一切选择都将会是明智的。我如果当时预见到这一次移植将为我带来的灾难，我决不会接受这只肾脏。可我没有先知的本领，考虑再三，决定接受医院提供的机会。因为知道我是吃货，楼下的邻居，我的一个好朋友，特地为我炒了一盘我爱吃的咸菜目鱼。她知道手术后很久我都不会再有机会吃这类菜肴，也许她预感到我手术后将会经历许多磨难，所以在我去医院前至少满足一下一个吃货对于吃的一贯追求。吃完了目鱼便去芝大医院，后来发生的一切，只能另文交待。

现在先把西北大学的事儿说完了。到了医院手术前第一件事是给学校的老师电话留言，告诉她我会缺课。几天后，我收到了班里寄来的慰问卡片。除了老师同学们热情洋溢的关怀与鼓励，最使我感动的是一句话："我们决不会落下你一个，我们会想一切办法让你和大家一起毕业！"

但是西北大学的课程是学季制，每个学季是十个星期。我手术是在10月初，当时已开学三个多星期，手术后有两三个星期进出医院好几回。当身体略为恢复，我就回校上课，那时离学季的结束只有两个多星期了。老师们确实像他们所保证的，尽可能帮我把拉下的课程补上。他们建议我自学教科书，然后写一篇学期论文（term paper），这门课就算过了。和两年制学校的老师相比，西北大学的老师确实宽容许多，当然两个学校的目的和要求不一样。

第二年6月，我们西北大学护理学院的末代学生毕业了。在这两年中，老师们反反复复多次强调，西北大学护理学院培养的学生毕业后在各自的工作岗位上都将是领导者，这是学院办校的宗旨。在多年后偶尔遇到西北大学护理学院的同学，大多数都在领导岗位上，或是继续深造取得了硕士、博士学位，成为高级护师（nurse practitioner，中国目前还没有相应的职称）。高级护师和医生的职责一样，有诊断和处方权。我曾希望做一名肾科的高级护师，可是由于我长期透析致使听力下降，很早就开始使用助听器，而高级护师专业不录取有听力障碍的人，因为毕业后诊治病人时，必须使用听诊器，需要敏锐的听力。这一直是我的遗憾，但现实不容回避，只能接受。

第二次肾移植

第一次肾移植失败后，我又在伊利诺伊州“希望的礼物——器官及细胞组织捐献联合机构”登记，等待第二个肾。我是“O”型血，在美国，“O”型血人数最多，而“O”型血的人意外死亡似乎相对少一些。另外，“O”型血的人可以捐献器官给任何血型的患者，但“O”型血的患者却只能接受“O”型血的器官。这就造成了等待肾移植的患者中“O”型最多，等待时间最长。

这一等就是七年。1989年10月的一个下午，我突然接到芝加哥大学医院的电话，通知我有一个肾脏与我配型合适，问我是否接受。这只肾的六个抗原(目前能识别的人体抗原只有六个)中有两个与我相同，这是医院提供的有关这只肾的唯一数据。其余与配型同样重要的数据，包括器官失血冷冻时间长度、供肾者年龄、临终前健康状况等，都没有提及。这些数据对移植的预后影响重大，是决定是否接受这次移植的关键所在。事实上，医院除了不能向受肾者提供涉及供肾者隐私的信息，其余关于供体肾的各种数据，受肾者都有权了解。可惜大多数负责肾源调配的护士不会和受肾者本人讨论太多，因为大多数准备接受移植的患者并不了解有关移植肾的各种数据与移植预后的关系。再者，等待多年后突然有了肾源，患者往往兴奋激动，听到的只是自己希望听的信息。

我当时也没有提出任何问题，因为我不知道该提什么问题。我那时的工作不是在移植专科，根本没有这方面的知识来帮助我决定是否该接受这次移植。接到电话后我首先想到的是如何不要因为手术而影响了西北大学的按期毕业。最后，考虑到等了七年，好不容易有这么一个机会，放弃太可惜，我决定接受移植。如果我能预见这个决定将会带给我的各种麻烦，我一定会作出不同的选择。只是世上没有先知先觉，也没有后悔药可买。

第二次手术的过程和第一次相同，我现在已完全没有印象。手术本身十分顺利没有意外，手术后最初几天唯一的印象是每天都处于一种无可名状的难受之中。这种莫名的难受，一部分原因与服用抗排异的药物有关。第一次移植是1982年，我使用的抗排异药是激素和硫唑嘌呤，对我来说好像副作用不那么明显，当然疗效也很差，所以我术后一星期不到就产生了急性排异。肾脏取出后，所有的抗排异药都停止了，没有对身体造成太大的不利影响。第二次手术已是1989年，环孢霉素已经用于临床，它对控制排异十分有效，直到今天仍是器官移植的常用药。然而它的副作用也同样高于前两种药。和环孢霉素同时服用的还有大剂量激素。另一个原因很可能是我的免疫系统拼命要排斥一个外来的器官，可在大量的药物控制下，又无法达到目的，于是身体内部不断地进行着压制与反抗的斗争，我当然也就不断地经受着无可名状的难受。

然而最能考验人神经耐受程度的，并不是这些身体上的不适。手术后移植肾不马上工作，每天等待排尿的感受，足以让人发疯。我的移植肾在手术后一直不排尿，在医学上称为急性肾小管坏死。造成这种情况的原因很多，其中最主要的一条是用以移植的器官失血并冷冻太久。此外，还有许多对这个移植肾的不利因素，比如捐献者临终前本身健康状况不佳造成对肾脏的伤害，移植肾与受肾者抗原的相配程度不理想等，都会使得移植肾在植入受肾者体内后不能马上开始工作。

大多数情况下，它在受肾者体内休养生息，慢慢开始复苏并恢复工作，受肾者开始排尿。这段等待的时间可以是几天至几个月，当然它也可能永远不再苏醒，最终被移植病人免疫系统排斥，经手术取出体外。

我清楚地记得，当时所有的人都将注意力集中在我的排尿上。医生护士每次进病房，第一件事就是去看挂在床边的储尿袋。看着那空空如也的袋子，他们的失望绝不亚于我本人。然后，他们便众口一词地安慰和鼓励我："相信奇迹会发生的。有些病人移植手术后三个月才开始排尿。"我哥哥每天与我先生的通话内容只有一句话："撒了伐?（上海方言，撒尿了吗？）""呒没（没有）。""一点也呒没？""一点呒没。"移植后的那些日子里，我周围的世界似乎只有一个内容，那就是我什么时候排尿。我终于再也受不了这种压力。手术后一个星期，我像躲避瘟疫般逃出了医院。

一个月后，植入的肾脏依然沉睡，丝毫没有动静，我仍然依靠腹膜透析来净化血液。为了充分抑制免疫机能，不让移植的器官被身体排斥，医生在环孢霉素之外，让我持续服用高剂量激素。很快我开始出现库欣综合体征：满月脸，水牛背，枢干中部脂肪堆积。再加上环孢霉素的副作用之一，是让病人毛发增长。可以想象，每次当我在镜子里看到自己的这副尊容，想到这种容貌的突变换取的是一个不知何时才会复苏的肾脏，我几乎连死的心都有。这些体征直到停药后一年才慢慢消失。然而长时间大剂量激素的服用，对我所造成的灾难远远不仅限于容貌的暂时改变，这些我将会在另外的篇幅中叙述。所幸的是现代医学的发展，使今天的器官移植病人有了更多更有效的抗排异药，而高剂量激素只是在移植后第一个星期使用，一星期后药量就开始大幅度下降。这样的使用方法使副作用微乎其微，病人也不会有库欣综合征。有很多移植中心，根本不再使用激素。年轻女孩移植后，再也不会像我当初那样把家中所有镜子都盖上床单。

让我从极度低落的情绪中走出来的，是重新投入日常工作、学习与生活中去，让自己忙得一点空闲也没有，自然也就没有时间为各种不顺心的事情烦恼伤心了。出院后休息了一个月，我便回到了单位和学校。那时我仍担任代理护士长的工作，离开这么久回到单位，工作量自然非常大。而我在西北大学最后一学期的学业也无法推迟，必须在补上手术时拉下的功课同时，学完本学期所有的课程。那段时间我每天清晨6点便被呼机叫起来去单位处理大大小小的事情，晚上下班回家人已累趴下，抓紧时间睡上几小时。半夜11点到凌晨2点是我做作业的时候，做完再睡几小时，呼机便像闹钟一样准时将我叫醒。所有的伤心烦恼失眠症一概不治而愈，每天头一沾枕头立即入睡，只求上天让我多睡一会。当然，第一天回单位和学校，是需要决心与勇气的。我觉得所有人的眼睛都在打量我那不堪入目的形象，我真想有什么魔法能让自己成为隐身人。我只能对自己说："丑人不也得活在世上吃口饭吗？爱看不看。"其实，别人也许并没有留意，只是自己的心理在作祟。

我以为这次移植仅仅是生活中又一次以失败而告终的事件，我也早已习惯这样的结局。我决定忘了它，重新开始，大不了再等七年，再做一次移植。可事情远不似我所想的那么简单。

我曾多次向医生提出，既然几个月过去了，移植的肾一点也没有复苏的动向，还不如将它取出，这样我不再需要继续服用抗排异的药。这些药的毒性很强，既然这个肾老不工作，我为什么要继续白白接受这些药物对我的伤害？可医生总是说："反正你并没有排异的现象，为何不再耐心地等等？”医生也是好意，毕竟一只肾脏来之不易，也许我太性急。

就在手术后三个月左右的时候，我突然发现自己额头上长出一个水泡，第二天更多的水泡开始出现在鼻腔口腔黏膜上。我去看医生，似乎没人知道这是什么病，怎样引起的。最后做了切片检查，才知道这些疱疹有个奇怪的名字叫类天疱疮，是一种自身免疫性疾病。可仍然没人知道是什么原因和如何治疗。这些水泡从口腔沿着食道不断向纵深发展，由于很痛，我什么也不能吃，只能喝一些粥汤。整整一个月，吃货成了饿死鬼。减肥倒是有效，可人却渐渐没了力气。医生除了给一些口腔黏膜麻醉药之外，一筹莫展。

还是我70多岁的老父亲思维清晰，他虽然从未与医学有任何接触，却下了一个医生后来也不得不佩服的诊断。他在电话中对我说：“你这病恐怕是你的身体在警告你，它不欢迎那位不速之客。

你还是将那个移植肾取出来吧。”父亲的话使我突然醒悟。对呀，所谓“自身免疫性疾病”，不就是我的免疫系统想要排除外来的敌人，却由于大量的免疫抑制药物让它无法十分成功地杀死入侵者，它便转而开始破坏自身的机体，造成了这种奇怪的病症？

第二天，我找到了医生，对他说：“取出来吧，我不再等待。”医生仍想劝说我：“典型的排异现象是发烧和肾脏的疼痛，你都没有。既然不是排异，为何要经受再一次手术？移植肾可以长期留在体内，并不造成伤害。”这次我没有接受他的劝告，坚持将取肾的手术定在了两天后。

两天后的手术是在半身麻醉的情况下做的，整个过程我都很清醒。肾脏刚刚取出，医生便对我说：“你是对的。整个器官已经变黑，如果再不取出，后果不堪设想。”手术后的第二天，我口腔中的疱疹不治而愈，全部自动消失，吃货终于又可大快朵颐。事实上，这个肾脏早已被排斥，在体内逐渐坏死。大量的激素，掩盖了排异造成的低烧、疼痛等症状，使得医生没能及时诊断。如果再等几天，这个已经坏死的器官可能在体内破裂，造成严重的腹腔感染，结果将是性命难保。医学发展至今天，这种情况已不再会发生。而20多年前我能有幸逃过这一劫，真得感谢我父亲的智慧。

这只和我无缘的肾脏从植入到取出，一共在我体内待了四个月。可它带给我的种种考验，并没有随它的取出而消失。这次移植后使用的大量激素对身体造成的损害是永久性的。在手术后的20多年中，我一次又一次地接受着这些损害的挑战，直至今日。

自由行走的幸福

用两条腿走路——一个每天都要重复千万遍的动作，是否会给你带来一种幸福感，一种拥有自由的快乐？我想大多数人已经太习惯这样的经历，根本不会有任何感觉。我从前也一样，对于能够自由行走习已为常，连想也不会去想。可是20多年前，当我第一次失去了这种自由，才意识到生活中许多习已为常的事原来并不是与生俱来，任何人也夺不走的权利。人可以因为一个意外，一场疾病，在一瞬间失去一种本来属于你的能力。然而当你拥有它的时候，却从未曾想过自己因为有了它，是多么幸运。

我的第二次移植失败后，因为移植肾仍在体

内，需要继续服用激素。直到四个月后，移植的肾脏被取出，才逐渐减药直至全部停止，但激素药物的危害却已经悄然埋下了。移植手术六个月之后，我发现自己的两侧股骨隐隐作痛，并随着时间推移不断加剧，造成了行走的困难，也影响到日常生活和工作。拍片结果显示，因在短期内用了大量激素，造成双侧股骨头缺血性坏死。这个病的唯一治疗方法是将坏死的股骨头切除，换成金属的人造股关节。这个消息对我犹如晴天霹雳，我虽然知道激素的副作用，可不知道在这么短的时间内它可以造成股骨头坏死。接下来医生的一番话，更是让我犹如掉入万丈冰窟，从头凉到脚。他对我说："虽然手术换人工关节是最有效的治疗，但从你的具体情况来看，并不一定合适。你是一个长期透析病人，容易感染。细菌一旦进入血液，很快就会引起人工关节感染，必须立刻手术治疗，否则有生命危险。再者，人工股关节对老年人比较合适，他们活动不多，人工关节足以维持他们的余生。你才36岁，还在工作。每天走的路多，今后的生命历程也长。关节的衬垫会被磨损，又必须手术更换。你觉得自己会愿意一次次地经受这种大手术吗？我想你还是试着用些止痛药维持现状吧。”

这位医生是股骨专科大夫，叫艾伦·罗森伯格，胖胖的像尊弥勒佛。我们后来成了20多年的好朋友。当时我看着他那张充满善意的脸，听着他真诚关心的语气，我相信他确是在为我考虑，也许我真是不合适换人工关节。从他的办公室出来，我眼前一片灰暗。我一向惜泪如金，不爱哭泣，移植失败也没能让我掉泪。那天从医院回家的路上，我一面开车，一面痛快地宣泄着大量的眼泪。犹如水库开闸，将长期的积郁，一泻为快。当时最大的悲哀，或者说是害怕更为确切，是怕不能再工作。工作对于我，不只是一个挣工资的手段，它更是一种精神疗法。它迫使我将注意力集中在自身以外的地方，不会光顾考虑自己的种种不顺心。它为我提供了一个更宽广的视角来审视自我，让我认识到自己并不是这个世界上最不幸的人，我的许多病人经历着远远超过我的各种磨难。没有工作，我大概会掉进一口枯井而不能自拔。因为我知道自己在精神上不是一个强者，要靠外力来保持心理上的宁静与平衡，而工作就是这种外力。

既然医生不肯开刀，我只能按他所说，采取保守疗法。我试了各种止痛的办法，理疗，针灸，中医成药，西药止痛片。每晚穿着一条带电热刺激仪的短裤睡觉，据说可以活血，让坏死的股骨头复活，热得差点长出了痱子。

白天上班，我使用双拐走路，但身体不能压在拐杖上，必须挺直身体靠两手将全身重量转移到拐杖上，减轻大腿负重。走不了多远，我就觉得很累，要停下休息几分钟。好在当时我已经换了单位，不再当护士长。新的工作是病人教育，病人和我在办公室见面，因而我到了办公室后不用再多走动。但是医院车库和办公室之间的路程很长，要穿过好几栋楼。每天早晚各一次拄着双拐行走往往使我不得不在中途多次停顿。可在上下班高峰时段，走廊里人流如潮，站着不动或走得太慢都会造成交通堵塞。别人到我这儿必须绕着走，让我感觉非常不爽。医院大门口有个每天推着一辆轮椅帮助一些病人去各科室的非裔老伯，他看到我走得挺辛苦，便主动让我坐上他的轮椅，要推我去办公室。我开始不愿意，他十分善解人意，对我说："我就把你推到你办公室那栋楼的电梯旁，你自己上去。中间这段路没人认识你，你不用担心坐在轮椅里不好意思。"就这样，这位素不相识的老伯，在我使用双拐上下班的几个月中，只要看到我，一定让我坐进他的轮椅，一路上和我聊天，说笑，让我在每天伊始就沐浴着人性的阳光。他是医院的老职工，退休在家无事，出来义务推送病人。每一次坐他的轮椅都使我感动，都让我深受教育。

就这样拖了半年多，各种保守疗法也都试过了，疼痛有增无减。晚上睡着了翻身也会痛醒。最后我连拄双拐也不能行走，必须坐轮椅。失去行动自由的感觉，比疼痛更让我不能接受。我又去找罗森伯格医生，我对他说："我已经不能再维持下去了，生活一点质量也没有。人工股骨将来会发生什么我不再担忧。眼前都没法过，还管将来干吗？"他看我挺坚决，就同意为我做手术。因为两侧股骨头都需要更换，可以两侧一起换，也可以分成两次进行。我选择了分两次做手术，第一次手术做完休息一个月，再做第二次。

手术前，麻醉医生在我的腰椎里埋进一根细细的输液管。他们告诉我，手术后当我从全身麻醉中醒来，止痛的吗啡可以从这根输液管滴入腰椎，使腰部以下的痛感不能通过中枢神经传入大脑，进而达到止痛的功效。比较通过静脉滴注止痛药，这种方法全身性的副作用较少。

手术的过程我自然是一无所知，不过可以想象，这位罗森伯格医生和他的团队，一定像一群木匠，手握大锯，将我的股骨头锯下。左右股骨是人身体中最粗壮的两根骨骼，它们支撑着全身的重量，太小的锯子估计是锯不动它们的。当然我没见过，只是想象而已。人工股骨头是个金属球，和它相连的是一根长长的钉子。这根钉子被打进与股骨相连的胫骨，将金属头固定。手术后我被告知，由于长期透析造成骨质脆弱，在钉子被打进胫骨的时候，胫骨纵向裂开，这帮能工巧匠便用铁丝将裂开的胫骨箍紧。直至今日，每次腿部拍片，我都能欣赏到那捆绑在胫骨外面的一圈圈铁丝。

手术结束后发生的一个意外，使这次手术成为所有我经历过的手术中最为印象深刻的一次。用“刻骨铭心”来形容倒也恰如其分，因为“刻骨”——骨头刚被切断却没了麻药，继而“铭心”。那天从全身麻醉醒来后不久，我感到手术部位越来越痛，直到无法忍受的地步。护士来检查，发现手术前为注射吗啡而埋入腰椎的输液管，在我从手术室到病房的多次搬动中掉了出来，因而我一点止痛的药物也没有得到。护士焦急地告诉我，麻醉师正在一台手术中不能离开，病区的住院医生正在抢救一个危重病人，也不能分身。她自己虽然知道该立刻为我静脉注射吗啡，可没有医嘱她不能随便给药，我必须等待。当时的每一分钟都像一年那么长，我只觉得腿部的神经正在被撕裂。骨骼创伤引起的疼痛远远超过肌肉和皮肤伤痛。关云长在没有麻药的情况下刮骨疗毒的故事流传千年，可我不是关云长。那天也不知等了多久，回忆起来大概有一个小时，但我当时对时间的概念一定不准确。我是欲哭无泪，只能在床上辗转反侧。我常告诫自己，再病再痛也不能失了起码的尊严和优雅，可那天尊严和优雅之类的词汇已变得苍白无力无足轻重了。好在美国都是单人病房，狼狈的样子没人看见。总算等到麻醉师从手术室出来，立即从静脉为我滴注吗啡才算减轻了疼痛。因为消耗了太多的精力，我很快便睡着了。

手术后的第二天，我还在昏睡，伤口仍然十分疼痛，康复锻炼就开始了。美国的手术病人，是不允许成天躺着不动的。手术后生命体征一恢复正常，就开始康复锻炼。手术后第一天我仍在大量麻醉药的影响之下，站立不稳，锻炼就在床边进行。左腿刚安装人工部件，不能负重，康复训练人员让我用两根拐杖支撑体重，并将一根一英寸多宽的帆布带捆在我的腰间。走动时，训练人员抓着这根腰带保持我身体平衡。尽管吗啡在滴注，左腿手术部位仍然十分疼痛并随着每一次移动加重。第一次从床上下地，比起经受手术，是更大的考验。尽管我是一千一万个不愿意，康复训练人员却耐心而执着，非要我起床走到门口再走回床边上床躺下。每天两次。两天后我已强壮不少，麻醉药也减量了，我被转入康复病房，并开始一日两次去康复室锻炼。一开始大多数锻炼是躺在木板制成的康复床上，由康复训练人员来回移动换了股骨的左腿，进行被动式肌肉锻炼。随着伤口的愈合，越来越多的动作要由我自己来做。在康复锻炼期间，我还要学会如何从床上转移到轮椅，再自已推动轮椅去生活上必须去的地方。刚开始的几个星期，每一次移动左腿都会引起疼痛。我常常试图推说头晕血压太低，赖着不去做康复。那些训练人员总是极有耐心。行，你不去我过一个小时再来。你说血压太低，我立马给你量一下，要是不低你还是必须去。最后我也只能服从他们的指令，每日两次去锻炼。其实这些康复锻炼挺有帮助，虽然锻炼的时候疼痛增加，做完锻炼后手术部位的疼痛总是比做之前大为改观。

美国住院费昂贵，保险公司不允许长时间地住院。手术后两周，我必须出院。住院部社会工作者的责任是保证病人出院后生活环境的安全以及治疗不中断。我先生当时正在纽约工作，家中无人可照顾我的日常生活。人工关节在置换后的六周内完全不能负重，一切行动以轮椅代步，这使我一个人生活十分困难，所以，我必须去纽约。社会工作者为我租用了院外救护大队的人员和车辆，将我送到机场。机场工作人员又用轮椅将我送上飞机。一路上各个环节的交接都安排得十分周全，直到将我交到我先生手中。制作透析药水的公司也事先将药水及透析的一应设备提前送到纽约的住处，让治疗不致中断。三周后伤口愈合良好，缝合伤口的U形钉必须拆除。我无法为这点小事回芝加哥，好在医生在我离开芝加哥前给了我拆钉子的工具，自个拆就解决了。

左腿股骨手术后一个月，我又接受了右腿的手术，并在六个星期后开始支撑双拐行走。我重新恢复上班工作，并继续每天坐老伯的轮椅。此后大约又过了六周，医生终于允许我不用支撑，正常行走。第一天扔了双拐，用自己的双腿走路，那种感觉好像不是在走路，而是像一只鸟一样在自由飞翔，让我很想大声唱支歌。从得知自己的股骨头坏死开始到重新用双腿行走，中间整整一年。这一年里失去行走功能的经历，让我领悟到一条简单而常被忽略的道理，不要用眼睛去盯着不属于自己的东西，而要用心去体会和珍惜每一件自己所拥有的：物质的，精神的，包括一切似乎是与生俱来的功能。因为不知何时，你也许就失去了它。失去行动的自由，我才发现自己原先是那么幸运。

人工股骨头在第一个七年中，使用良好。除了不能奔跑，跳跃，坐着不能跷二郎腿以外，和自己的关节几乎无异。在这段时间里，我换了工作。新的工作在芝加哥大学的另一个附属医院，负责腹膜透析的病人。虽然大多数时候在办公室不需走动，但我的病人中如有住院的，我还是要去住院部查房。芝大医院很大，由多栋楼房组成，病人也因不同的病因入院，住在不同病区。大概由于每日行走过多，手术后第七个年头股骨关节腔里的塑料垫断裂，必须打开换新的。我便做了第三次打开股关节的手术。这次手术由于不需换金属部件，不需割断骨头，所以比第一、二次来得简单。手术后六个星期，又可以继续上班工作。

从1991年第一次换人工股骨到2015年，24年中我的两腿因为各种原因包括宜磨损部件更新，细菌感染，一共打开关节腔做了八次手术。在所有的股骨手术中，第一次是如上所述，因意外引发的剧痛成为印象最深刻的一次，而最近一次却是冒着极大的危险，死里逃生的一次……

2014年底的冬季，我的左腿股骨开始疼痛，每次站起坐下都会造成十分剧烈的痛感。我将片子寄给罗森伯格，他从转寄的片子中看不清明显变化，建议继续观察。由于30多年的透析，我全身健康情况下降了许多，已没有力气像20多年前那样撑着双拐走路。我只能推着助步器勉强在屋内行走。那年冬天，新泽西一反常态，多雪且冷，每次雪融化后门外都是冰。助步器却令我去门口邮箱取邮件都无法做到。我觉得自己犹如一头困兽，整个冬天被堵在洞穴之中。每隔几个星期，我的左侧股骨会经历一次比平时更为厉害的疼痛，宛如刀割，剧烈而持久，往往要两三天才会减缓。到了6月，我已忍无可忍。我在新泽西没有骨科医生，而我的前七次股骨手术都是罗森伯格为我做的，我也只信任他。我和先生决定回芝加哥再次手术。

罗森伯格医生重新为我拍了片，发现由于严重骨质疏松，用以固定关节腔内金属片的螺丝钉松动了，继而造成原来固定在髋骨上的整片金属移动，每次移动就会破坏它周围本来就疏松的骨骼。那每隔几个星期就会产生的巨痛，原来是多次骨折而引起的。平时罗森伯格看门诊从来不坐，总是站着检查一下病人，简单说几句他的意见，急急忙忙又去看下一个病人。解答病人问题以及具体手术安排等一应事宜，都由与他合作的专科护士瑞姬·巴顿处理。这次他却一反常态，和瑞姬一同走进门诊室，关上门，拉了一张椅子坐在我们面前，说了这样一番话：“从关节中松动的金属部件来看，你需要手术。由于你左侧股关节在三年前有过感染，现在里面可能仍有残留的细菌。

因此不能仅仅更换新的人工股骨头，必须将所有人工部件取出，包括那根20多年前打入胫骨的长钉。这根长钉已与你本身的骨骼长在一起，取出时会引起大量出血。你是透析30多年的患者，身体过于虚弱，做这样的大手术，风险实在太大。我们相识20多年，你就像我的姐妹一样。这使我陷入了深深的矛盾，手术不能避免，可我不愿意看到你经历这样的危险。”我问他：“是什么样的危险，让你如此担忧？”他十分明确地回答：“你有可能会死在手术台上。”当时我看着他和瑞姬关心的表情，听着他真诚的语气，心中充满了感激与尊重，病痛和可能的危险似乎在那一刻变得不那么重要。最后他和瑞姬商量，将我托付给他在宾州大学的一个学生。这个学生在他手下受训练时成绩优秀，现在费城的宾大医院主持股骨手术。费城离我在新州的住处不算太远，看病住院都较方便。事后瑞姬告诉我，罗森伯格因年龄渐渐大了，体力已不适合做这样大型复杂的手术，他希望让自己信得过的年轻医生为我做这次手术。听了这番话，我不禁为时光的流逝而感叹。我与罗森伯格医生同岁，他第一次为我手术时37岁，20多年为我做了七次手术，现在他已经做不动了。

回到新州家中，我很快去了宾大医院。拍片显示，在这短短的两个星期中，原先松动移位的金属部件，又移动了许多。手术是不可避免的，我们当场定下了手术的日期。医生关照，在等待手术的这段时间内，尽量不要多动，避免松动的部件全部脱离髋骨，掉入腹腔，导致为寻找这个部件而打开腹腔。手术前的几个星期里，我每周为自己注射一种升红血球的药，试着改善本来一直贫血的状况，以更好地对付手术时的失血。这几针药还真管用，我的红血球上升到正常水平。这种药每个透析病人都用，价格昂贵，保险公司控制很紧。我靠平时延长注射的间隙，才换得手中两针存货，还真在关键时刻派上了用场。

对于将要进行的手术，可能发生的意外，我好像有点麻木。我向来怕动脑筋，特别是对于没有答案的问题。我信奉懒人哲学："船到桥头自会直"，既然船会自动拨正方向，船老大何不偷个懒呢？我倒是盘算了一件别人一定会觉得无关紧要的事。我近年来病容显著，很少拍照。我挑了一张七八年前拍的，自认为还可供人瞻仰的相片，交给了我的表弟。平时凡是家族中各种大事，拍照、布置一类的工作，必是这位表弟负责。他是个冰雪聪明之人，我不用说什么，他便都领会了。

也许某种预感告诉我能够安全渡过难关，手术那天我并没有觉得这次和以前接受过的40多次大小手术有什么不一样。先生送到我家属必须止步的地方，我们暂时告别，我觉得几小时后我醒来第一个看到的人一定是他。进入了手术室，我索性闭上眼睛开始睡觉。

我的好运气又一次帮了我大忙。关节腔打开后，医生没有发现任何感染的迹象。他随即抽样去化验室做了分析，也没有发现细菌。医生决定只更换松动的金属部件，不取出那根24年前钉入胫骨的长钉。这让手术变得简单许多，失血减少，手术时间也缩短了许多，只用了四个小时就结束了。如果当时发现有感染，非但要取出长钉，而且不能马上装进新的关节。需要注入抗菌素，缝上刀口，等几个月之后再做一次装入人工关节的手术。

我在医院住了三天，便转入离家不远的一个康复中心，在那儿又住了一个月，每天两次做康复锻炼。医生关照，这次手术与以往不同。不像过去的股骨手术，只需六个星期不负重。这次需要整整四个月不负重，让骨头长入金属部件，帮助加固钉入髋骨中的钉子，使钉在骨质疏松的骨骼里的钉子不会很快又松动。

“革命生产两不误”灵活应用到治病享乐两不误：第二次股骨手术后，还没来得及等到扔掉拐杖，就迫不及待去加利福尼亚玩了

四个月后，我再次从轮椅中解放出来，又一次体验到自由行走的幸福。虽然在一年多不能正常行走之后，我变得站立不稳，步履蹒跚，但我终于可以随心所欲地改变自己在空间的位置，那是一种打破牢笼，重获自由的感觉。

2016年6月，我又去了一次芝加哥。我已不再是罗森伯格医生的病人，我只是想去见见他和护士瑞姬。过去20多年中，是他们一次次地把我从轮椅的禁锢中解救出来。当他们走进我等候着的门诊室，说的第一句话是："走几步让我们看看！"看到我不用任何支撑在诊治室内来回走了一圈，他们都给了我紧紧的拥抱，这时候任何语言都是多余的。

幸福，其实就包含在我们已拥有的一切里，只要用心去认识并体验它，它将随时与我们相伴。

生活中的一抹阳光

“大地，是你回来了吗？”深夜下班回到侯医生家，开门进去，黑洞洞的屋内十分安静，只听到一个稚嫩的声音从二楼拐角处传来。

我那时刚从两年制护校毕业，开始在透析中心工作。因为正在申请西北大学的本科护理，需补一些学分，选择了做中班，上午选修了两门基础课。下班回家侯医生全家都已入睡。只有三岁的迈克尔不愿一个人在他自己的房间里睡觉，抱着我为他做的小被子，在父母卧室门外等我。

“是我，迈克尔。”我答道。立刻一个小小的身影摸黑慢慢从楼梯上下来。当走到最后一格楼梯时，他一跃扑向我。因为怕他摔了，我赶紧接住他，把他抱起。他是个早产儿，三岁时仍瘦小得让人怜爱。他跟随我进入我在一楼的卧室，立刻爬上床，跳着唱起了儿歌：“一只小猴在床上跳……”已经很晚了，早过了他该睡觉的时间。我先为他念完他选的故事，等他睡着了，再做每天最后一次透析。他最爱的故事是“小鹿班比”，听了许多次，还常要求我念。往往没等故事念完，他已进入了梦乡。一个三岁的孩子，每天坚持等到这么晚，很不容易了。

小迈克尔是侯医生三个孩子中最小的一个，在我到美国两年后出生。临产前，全家人在产房内等候新生命降临时，侯医生问我是否可以做这个小生命的教母。她解释说，教母不光要对教子特别关爱，还要从小对孩子在思想、道德和精神上的成长给予引导与支持。我当然挺乐意，但想想自己没生过孩子，没当过教师，何德何能去引导别人的孩子。反正先应了再说，不就是咱中国人的干妈嘛。

大概前世有缘，谁也没为他解释过什么是教母或者干妈，他自然而然地和我十分亲近。他常问：“为什么别人的父母是两个人，而我有三个？”只要我在家，他便成了我的小尾巴，有时甚至让他母亲有些嫉妒。记得在他四岁时，芝加哥的自然博物馆正展出从埃及来巡展的木乃伊。迈克尔听大孩子们说起，十分想去看看。侯医生特地利用周末，准备带他去参观。车已经开出了家门，迈克尔在车后座大声哭泣，说是我已经答应带他去，不愿和妈妈一起去。侯医生百般无奈，只能作罢，将车又开了回来。她对我说：“唉，本想讨好他，可他认定非要跟你去。”我受宠若惊，第二个周末，放下功课，抽空带他去博物馆。在路上他问我：“你知不知道那些木乃伊原本是真正的人？”也许是第一次去看“真正”的尸体，他一进入博物馆就变得十分紧张。木乃伊的展出在地下室，他无论如何不肯自己

这是我为迈克尔先后做的两条小被子，左面被子的图案是我画上去的，他从婴儿时一直用到上中学，始终形影不离，已经看不出原来面目。右面的被子上有房子、池塘、小鸭、小狗和一个放风筝的孩子，也是我自己设计并拼花的

走下去，非要我抱着他进入展厅。我那时身体还不错，也没有换过股骨，便抱着他看了所有的木乃伊。我能从他紧抱着我的动作中体会到他的害怕，直到看完了十多具木乃伊回到挤满了“活人”的展览馆大厅，他才恢复了原来的天真活

你的轮休日我最快乐！

泼。回到家中，他居然向哥哥姐姐夸口："知道吗？那些尸体一点也不可怕，他们都被紧紧地裹在布条里，根本没法动弹。"

说实话，这个天真可爱的小男孩所带给我的快乐和陪伴，远远超出了我能给予他的。他对我的信任和依赖，让没有孩子的我，得到了做母亲的快乐。他常常当众宣布："我一年中最快乐的日子是圣诞节，我的生日，还有大地的轮休日。"

那时我刚到芝加哥不久，除了侯医生一家和仅有的几个同学，几乎没有熟人。男朋友虽然来了美国，但在德克萨斯念书，一年见不了几次面。每天工作结束已是晚上9点多，拖着疲惫的身体驾车回家，高速公路上车辆穿梭，到了郊区，连来往的车辆都看不到，更不用说行人。昏暗的路灯下只听到我驾驶的汽车车轮滚动发出的沙沙声。这样的时刻，寂寞便开始填满我的心胸。现在的留学生不能想象，20世纪80年代手机、微信还没问世，国内来的留学生常常连有线电话也装不起。我与男朋友的通话只能在周末，他用街旁洗衣房内的公用电话打一个由接话方付费的电话给我。接话方付费价格很贵，我不能让侯医生为我付款，便告诉接线员拒绝接受这个电话。这是我们约定的信号，说明他已到了洗衣房，我立刻打回到他守候着的公用电话上去。周围洗衣服的人一定觉得奇怪，怎么一个公用电话会有电话进来。其实我每天都想和他说说话，但那是我们无法享受的奢侈。

可当我一踏进家门，就听到那个充满期待的声音从二楼传来，接着看到的是一个兴高采烈在床上蹦着唱儿歌的“小猴”。我也不由地被他的情绪感染，暂且忘却了寂寞。我和他有约，平时我要看书做作业，他只能在一旁玩耍，不能打扰我。但我的轮休日，一定带他去一家叫“好滋味热狗”的小店，吃一个热狗和一份冰激凌。吃完了再去附近的杂货铺子，买一个他选中的二毛五分的玩意儿和一把糖果。那时没有什么电子游戏机，二毛五分的玩具是他整整一个星期的期盼。看着他满足的笑脸，我的轮休日充满了阳光。

1988年我们结婚了，先生正在纽约工作暂时不能回芝加哥。那一年下半年我开始在西北大学念本科，先生也准备下一年去西北大学念商科。侯医生家离单位和学校太远，我们决定在离学校单位都较近的地方租一个小公寓。也许我忙着搬家，事先没向迈克尔解释清楚，我东西搬完准备离开时发现他不见了。找到他的卧室，他正抱着那条形影不离的小被子哭泣。对一个五岁的孩子来说，分别也许意味着抛弃、背叛。我觉得自己忽略了他的感受，挺对不起这个小伙伴，只能试着解释为什么要搬家，并保证今后周末接他去我在城里的公寓过夜。城里有儿童博物馆，有著名的芝加哥科学与工业展览馆，还有很多游乐场，我会带他去玩。他总算停止了哭泣。

从那以后，我常在星期五接到迈克尔的电话，一个迫切的声音从线路的另一端传来："什么时候来接我呀，我要去你家度周末！"只要我有时间，我都会开车去接他。顺路买份麦当劳带小玩具的儿童"快乐餐"当晚饭，再租一盘他选择的录像带，那便是他认为最好的招待。星期六上午我们常带他去芝加哥艺术或科技博物馆，在那儿消磨大半天。记得我的腿坏了的那段时间，先生用轮椅推着我，迈克尔则坐在我腿上。在许多世界名画前流连忘返的我们，倒成了艺术展览馆一道特别的风景。他从小喜欢美术，爱做手工。他十来岁的时候，我常为他买些做手工的原料，他把五颜六色的小棉球做成可爱的小精灵。我们一起去小镇上的手工艺品集市，他的作品第一次卖了15美元。他看着凭自己的双手和创造力挣的钱，别提有多兴奋了！当然成本不算在内，干妈掏的腰包。

也许迈克尔自己到现在也并不知道，他曾帮助我跨越了精神上一道很难跨过的障碍。我在“第二次肾移植”一文中曾提到，大量激素和抗排异药让我容貌起了很大改变：体重骤增，满月脸，水牛背，并且毛发浓密。我不愿见人，不愿照镜子。手术一个月后，到了必须恢复工作和学业的时候，我却不知道如何跨越这道心理障碍，走出家门。一天迈克尔来度周末，我问他："迈克尔，我看上去是不是变得特难看？"听了我的问话，他认真地打量了我一下，十分肯定地回答："我一点不觉得和以前有什么两样。"他的回答让我思量了很久。他才五岁，还不懂得恭维别人。以前他要是不喜欢我做的什么事，会直截了当地提出批评："你不能那样做！"我突然意识到，这个五岁的孩子比我更有智慧。他从我眼神中断定，我仍然是那个爱他的干妈。这对他最重要，他懂得忽略其他外表上的变化。我比他多活30年，却忘了这个道理，忘却了自己一向欣赏的名言："士大夫三日不读书，则义理不交于胸中，对镜觉面目可憎，向人则言语无味。"美丽的外表固然重要，但内心的修养却会影响外貌，因而更重要。我因为本末倒置，才为自己设置了心理障碍。迈克尔给我的启示，使我决心迈出返回社会的第一步。事实证明，回到单位后，同事们真正注意的是作为护士长的我每天分配给各人的工作量是否合理，轮休日是否符合他们的要求，加班费是否上报正确。对于他们，我外表的美还是丑，实在是无关紧要。如果这些我该做的事做得不公平合理，我哪怕貌若天仙，他们也不会认可我。

时光荏苒，岁月如梭，小迈克尔渐渐长大，我和他的友谊依旧。他成了一个自由撰稿人，为杂志写稿。三年前他结婚了，在婚礼上，他要求我与先生和他的父母一起将他送入婚姻的殿堂。他说："别人只有一双父母，而我有两对。"我在美国东海岸，他在西海岸，远隔千里。我们经常互通邮件或视频，十分欣慰的是他仍将我看成可以坦露心扉的朋友。2015年春天，我正受着腿疼的煎熬，他和妻子来看我。那是一个春光明媚的周末，我们一起去了公园。他用轮椅推着我，他说："小时候你抱着我到处玩，现在让我来推你。"

迈克尔曾义务为寄养儿童培训班上课，这些

迈克尔高中毕业了，去加州上大学，我们不常见面了

儿童大多数来自贫困家庭。他们的生身父母使用毒品，不认真担负孩子的养育或虐待儿童。政府将这些儿童和一定数量的寄养费分送给愿意接受寄养的家庭。这些孩子到了18岁，一般会离开寄养家庭，独立生活。迈克尔曾负责教给孩子们一些在社会上生存的基本技能，例如怎样开银行账户，如何申请工作等。我很欣赏他对这些孩子

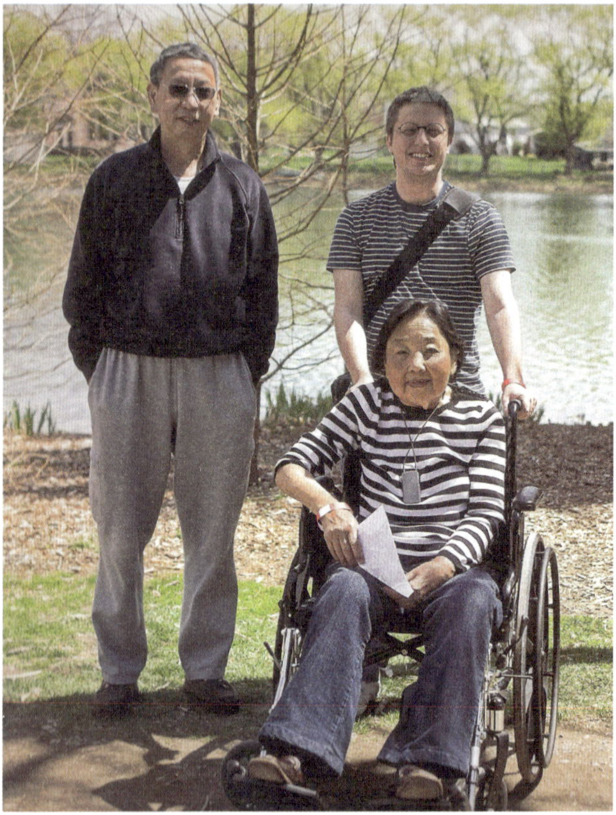

“小时候你抱着我到处玩，现在让我来推你。”

说的一段话："你们今后将独立走向社会，但希望你们之间能保持长久的联系，组成一个社交网络。我们每个人都渴望亲情，都需要相互支持。你们之间虽然没有血缘关系，但世上的亲情不仅仅存在于有血缘关系的人之间。我和我的教母没有血缘关系，我们甚至有着不同的肤色，可是我们的亲情，并不亚于任何亲生的父母与孩子之间的感情。"

我却想对所有的人说，感谢上苍，在我最困难的时候，让迈克尔出现在我的生活中，像一抹冬日的阳光，带给我温暖和快乐。

从腹透到血透

很多人提问，为什么我腹膜透析（简称腹透）做得好好的，却又换成血液透析（简称血透）？那是因为腹膜有一定的使用限制，多次腹膜炎以及透析液中的葡萄糖都会让腹膜增厚老化，最终失去净化血液的功能。我一共做了九年腹透，与大多数腹透病人相比，可谓历史悠久，是腹透队伍中的老兵。这大概归功于我极少有腹膜感染。但长时期的葡萄糖刺激，最后还是让我不能继续使用腹膜透析来净化血液。

我开始腹膜透析是1982年6月，当时腹透的临床使用在美国还属于初级阶段，透析设备相对原始。我必须每日四次更换腹腔里的透析药液，

最早的腹透，每天需更换四次透析液

两次更换透析液中间的几个小时虽然可以自由活动，但身上总是带着一个连接着腹腔的空药液袋。我把袋子卷起放在裤兜里，如果穿裙子，就用一个布袋绑在腰上用衣服盖着。几年之后，一种新的名为“双体袋”的腹透设备问世。病人每次透析结束后，可将药水袋与埋在腹腔里的管子分开，不需要随身携带，这对我是一个很受欢迎的进步。这一革新在腹透史上也是划时代的，它的使用让腹膜感染发生率大幅度下降。

1988年，另一个腹透上的技术革新，为许多需要保持频繁活动的病人带来了福音。这个新技术使用机器在晚上患者睡觉时多次自动更换腹腔里的透析液，而原来白天要做四次的人工更换透析液则减为一次。如患者仍保留着少许肾功能，只需晚上用机器透析。这使得在校学生、在职工作人员拥有整天的自由，不再为一日四次更换药水所累。我也改为使用机器，每天早晨起床将埋在腹腔里的管子和连接机器的管子拆开，开始一天的活动。下班回家先做一次人工更换药水，到临睡前再将自己和机器连上，就可以开始整夜的腹膜透析。唯一的不便是机器体积庞大，病人如需短期旅行，透析机器的制造公司不负责运送机器，只送药水。旅行期间，仍需每日四次人工更换药水。但例外的是，1988年夏天，公司破例将机器送到我旅行的目的地——新罕布什尔州特雷波老师家，那是为了我的婚礼。当公司了解我此行目的是结婚，便主动提出将机器运到新罕布什尔，以保证婚礼不会因更换药水而中断。有了机器，我可以在婚礼前夜做透析，婚礼那天早晨，我让腹中所有的透析液流出，并不再灌入新的液体。这样穿着薄薄的夏装，就不会因为那两千毫升药水，有损新娘的“光辉形象”。

1990年代初，公司研制出更新型的腹透机器，大小相当于一个台式复印机，病人旅行可随身携带。只是那时我已转为血液透析，没有用过这种机器。

腹透液中含有的葡萄糖，是为了排出体内多余的水分。肾衰病人排尿逐渐减少，最后完全不排尿。每日摄入的水分要靠透析排出。腹透排水

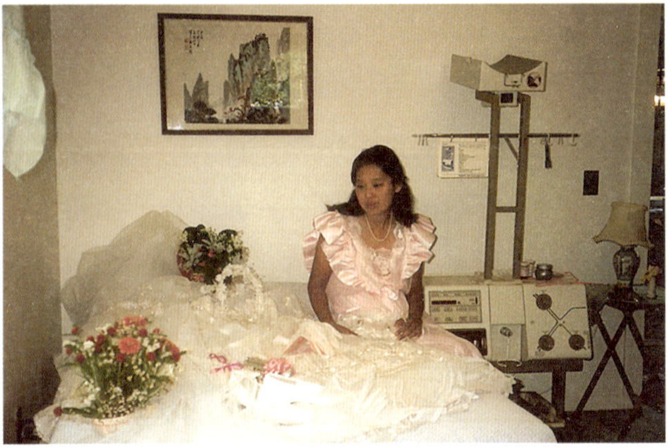

婚礼前的准备，床边就是医药公司送来的腹透机器

的原理和糖渍西红柿一样，西红柿外面加了糖，西红柿内部的汁液很快就会渗出。当透析液被注入腹腔，液体中的葡萄糖会使血液中的多余水分渗透到血管外。更换透析液的同时，多余的水分也被排出体外。长期接触葡萄糖会使腹膜壁增厚，因而削弱了腹膜壁上的毛细血管与透析液之间交流的能力。由于这个原因，1991年，我不得不由腹膜透析转为血液透析。

从腹透转为血透，立刻打乱了我的生活，最大的危害是直接影响了我的工作。1990年代初期，美国的血透全都集中在各个透析中心进行，在家做血液透析几乎没有，闻所未闻。我选择在单位附近的一个透析中心做透析，那个中心每天最后一批病人在下午4点开始治疗，我必须3点半离开单位去透析。周边其他中心的治疗时间大同小异。一个血透病人，每次透析四小时，加上等待、准备，治疗结束后止血，路上花费的时间，总共每次需要六小时。一个星期必须透析三次，差不多又是一份工作所需要的时间。我当时虽然已不再担任护士长，工作时间可较为灵活的掌握。但要每周三次下午3点离开，长此以往不可能不影响工作。特别是许多临床上的交流总结会议，都是在下午4点以后才开始。

保持一份自己喜欢的工作对我来说绝非小事。从经济角度来说，我必须有一个好的医疗保险来支持我治病的需求。虽然我当时纳税已近十年，失业后可以享受社会救济的医疗保险。可于我那是最不情愿的下策，非万不得已不会去申请。我总觉得自己是一个外国人，有幸在美国得到最好的治疗保全了性命，怎么能得寸进尺，心安理得地利用纳税人的共有基金？再者，从我的心理角度来说，保持工作同样至关重要。我很怕待在家中会陷入病痛的阴影不能自拔。

侯医生一向是我保持工作的支持者。她建议我仍像腹透一样，在家做血透。她告诉我1970年代美国有不少在家做血透的病人，她曾有好几个家庭血透病人。到了1980年代，随着腹透的推广，以及越来越多的透析中心的建立，几乎所有的透析中心都取消了家庭血透的项目，血透病人全部集中在中心接受治疗。侯医生是一个说干就干的人，她当即拿起电话拨给她的朋友，肾科医生保尔·波特。这位肾科医生与另外几个医生共同拥有一个透析中心，他是中心的主要负责人。侯医生把我的情况告诉波特医生，最后她强调说："我想我们的观点是一致的，都支持透析病人像正常人一样为社会作出贡献。我的这个病人就是一个例子，我们都应尽力为她创造条件，我想你一定不会拒绝为她在你的中心设立一个家庭血液透析的项目。"我当时在电话边上听着这番话，心想那位波特医生即使不想帮这个忙，大概也很难回绝这样一个请求。

事实上波特医生的确和侯医生观点一致，非常支持我继续工作的努力。多年后在一个护理工作的会议上，我遇到当年负责设置这个家庭血透项目的护士。她告诉我，波特医生将任务交给她时关照，要尽量把项目做得完善，人力物力不要考虑预算。我也在肾科工作多年，完全懂得透析中心如果只为一个病人设置家庭血透，经济上一定会亏损。美国透析患者大多数使用联邦保险，联邦保险对透析费用不根据个例支付，而是采用包裹式计算。无论患者每个月透析实际用费多少，保险公司每月支付透析中心的金额数目不变。家庭血透病人一个人占用一台机器，两天使用一次，而在中心一台机器两天内至少有六个病人使用。除了血透机，中心还为我配备了水处理系统，血透专用躺椅、磅秤、离心机等设备。刚开始在家透析，中心派了一个护士在我每次透析时来家中训练我使用机器、自我扎针等家庭透析必需掌握的技术。这个过程有好几个星期，直到她认为我能够安全地独立进行治疗。以上只是刚开始的一次性开销，长期的费用还包括每个月我从透析中心领回的透析液、针头针筒纱布等一应透析用品，中心的技术人员定期上门维修机器。此外，为保持政府颁发的家庭血透项目许可证，中心必须每年向联邦和州政府提供项目管理条款，安全检查的书面记录等许多详尽的文件，工作量不小。然而，所有这一切，都只是为了一个病人，为了尽量使这个病人的生活接近正常。我在波特医生的透析中心为我设置的家庭血透项目洗血整整十年，后来因改换机器，才转去另一透析中心。

开始家庭血液透析的最初几年，我住在一个小公寓里，晚上下班回家准备透析机器的时候，正是楼里各家各户下班后用水的高峰时间。水压太低，透析机无法正常运转。侯医生就让我把机器设在她家，我吃完晚饭和先生一起去她家中做透析。做完已近午夜，我们再回家休息。直到我们搬入了一栋连体屋，有了独立的供水系统，才将机器搬回家中。

这就是我从腹膜透析转为血液透析的整个过程，它包含了许多人的努力，正是他们，让这个转变十分顺利，我一天也没有为此停止工作。直到今天，我仍依靠血透生存。25年血透，我有很多难忘经历，只能用另外篇幅叙述。

血液透析——痛之源，命所系

入夜，整个卧室都笼罩在昏暗中，只有落地灯的五个高光灯头集中照向我床头那一小块地方，让人联想起灯光熄灭的舞台上，聚光灯照亮舞者的情景。床边是一台透析机器，连着许多管道，不停地发出嗡嗡的转动声。机器前面是一个用来放透析用品的塑料小柜子。

我坐在床沿，在小柜子上摊开蓝色的手术纸巾，一一摆上纱布、针头等血透必需品。挽起左袖，左臂上像巨大蚯蚓般隆起的动静脉瘘管，便暴露在强烈的灯光之下（注：瘘管是为血透预先制作埋入的。因为血透机以每分钟300~450毫升的速度将血液抽出清洗，如没有瘘管，静脉将

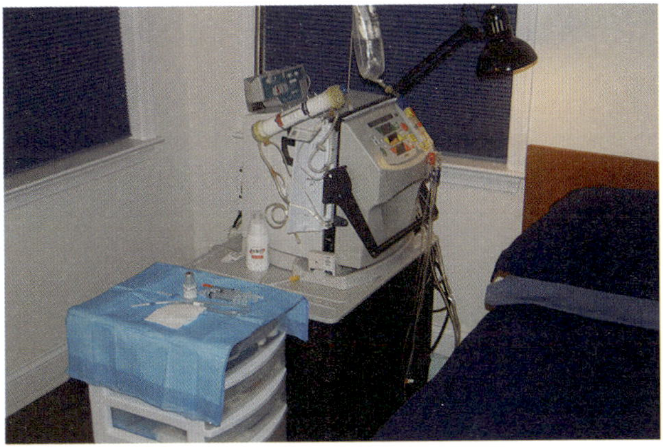

家用透析机

立即塌陷。而瘘管就是将一根动脉和一根静脉经手术连接，静脉因为有了动脉来自心脏压力的血流而不至于塌陷。由于长期快速输入清洗后的血液，压力会让瘘管变得十分粗大，高高隆起，在手臂上形成一片丘陵)。消毒后，我用一根极细的针头往瘘管上注入皮下麻醉药，接着拿起一根15号针头的血透专用针管。大多数人对15号针头的粗细没有概念，这么说吧，一般抽血或肌

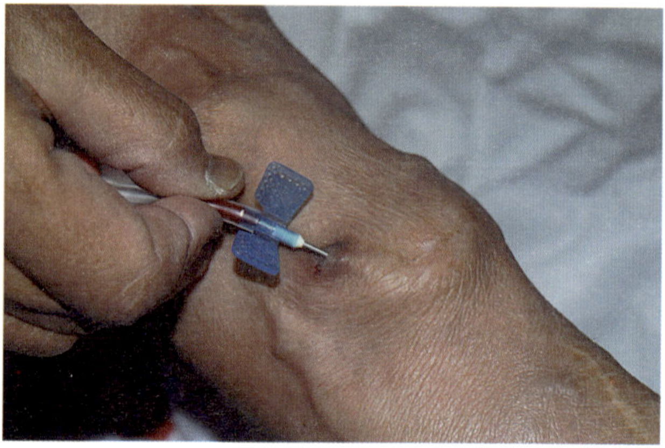

我的血透瘘管

肉注射的针头是21号，直径0.8毫米，而15号针头的直径是1.8毫米。虽然这个动作我已重复了25年，不下3000次，却仍然会举着针头，足有半分钟下不了扎针的决心。最后，深深地吸上一口气，退下针头的套子，将针头扎入瘘管。看到了针管中微微涌动的回血，再用胶布将针头固定。用同样的方法埋入第二根针头，接下来就是将两根连着针头的管子接上透析机。血透时必须埋入两根针头，一根用于抽出血液送入机器，另一根将清洗过的血液送回体内。整个治疗过程三至六小时因人而异，全身的血液经过血液净化器（也叫人工肾）反复循环清洗，去除本应由肾脏过滤的人体中各种毒素和多余的水分。看着鲜红的血液随着机器的转动，进入透明的血液净化器，我这才松了口气——一天中最大的难关算是过去了。

关上灯，我在黑暗中躺着，听着透析机嗡嗡地清洗着我的血液，慢慢进入了半睡半醒的朦胧之中，直到第二天清晨。这么多年，因为担心针头在熟睡中滑出血管，我习惯了半睡半醒的睡眠方式。每次翻身，都会完全醒来，小心翼翼地改变躺着的姿势。整个治疗过程是六个半小时，拔出针头压迫止血得花近一个小时。瘘管使用多年，组织失去了弹性，止血十分缓慢。瘘管内压力很高，一不小心往往会血流如注，所以，我的床单被套永远是深色的。结束时天已蒙蒙亮，快到该起床的时间了。

这便是我每天生活的一部分。许多年我一直坚持每周透析六天，比一般在透析中心治疗的病人多一倍的时间，这也是我能靠血透生存30多年的主要原因。我还在工作的那些年月里，周六晚不做透析，那是我为自己制定的假日。不是外出，便是请朋友来家做客。备些酒，烧上一桌好菜，吃着聊着直到半夜。周日至周四，不敢造次，每天下班立刻准备透析，第二天必须上班。周五是一周中最快乐的日子，上班时已计划好周末的活动，早早下班接上先生去中国城买些时鲜菜蔬，一瓶五粮液。星期六一早起身，先生和我一起准备各种菜肴，烘烤蛋糕。晚饭时光，七八位好友，连同他们带来的欢乐与友谊，将小小的饭厅挤得满满当当。

近两年，我的动静脉瘘管由于20多年反复

穿刺，造成了瘘管周围末稍神经的过度敏感。每次进针，哪怕是注射麻醉剂的皮下针头，也会造成钻心的疼痛，特别是推入麻醉剂时，让皮肤有撕裂的感觉。粗针头的插入因为有了麻醉，并没有什么痛感。但在半小时后麻醉作用消失，留在瘘管中的针头周围的皮肤会整夜疼痛，使得我半醒的睡眠也丧失殆尽。我成了日夜颠倒，白天一睡就是几个小时，好在不再需要上班。和医生商量之后，我将透析改为治疗两天，休息一天，一周共做五天。进针手法也从原来使用同一针孔的“纽洞式”，改为每次更换穿刺部位的“绳梯式”。经过半年多的使用，现在情况有了很大改观，每晚的透析，不会如此难以接受。

近年来，美国家庭血液透析病人逐年增加，越来越多的患者能在自己舒适的家庭环境中，在个人最方便的时间里进行治疗。在很大程度上，应该感谢那台十年前进入临床使用的血透机。这台机器的设计是专门针对家庭血透病人的，它约2英尺见方，重量为70磅，使用方便，极少故障。在家透析时，还需使用一个床头柜大小的金属箱专门制作透析液，里面附有水处理设备。透析机放在箱子上面，高度正好适合病人躺在床上或靠在躺椅上进行治疗。患者如需外出旅行，可将透析机放入汽车，或者带上飞机。美国法律规定，航空公司对乘客携带医疗设备不收运费。配制透析液的箱子过于庞大，不便随身携带，制作透析机器和药水的公司会将袋装透析液送去目的地。

刚开始使用这台机器，最让我兴奋的是终于可以去那些向往已久的国家公园。美国有几个国家公园面积如此之大，公园的中心地带距离最近的透析中心单程也要四五个小时，加上透析的五六个小时，一天不可能来回。要是预定一周时间游览公园，其中六天会花在透析中心和往返的路上。为此，在这台机器问世之前，我从来没有

夏威夷的夕阳

去过这些大型国家公园。有了机器，旅行计划变得触手可及。我们去了黄石公园、加州的优山美地国家公园，并沿着太平洋驾车一路参观游览至洛杉矶。白天游玩，晚上在旅馆的客房里透析。

如果我一人外出，特别是因公外出开会，先生不同行，一个人无法搬运70多磅的机器，便只能选择在目的地附近的透析中心治疗。在美国，血透病人外出可以事先联系当地透析中心，安排逗留期间的治疗，但是透析时间不能选择，十分不方便。

和腹膜透析相比，血液透析有它的优点。第一，不做治疗的时候，腹中没有那2公斤的药液，不会觉得腹涨不适，腰背酸痛。第二，它不像腹透那样，几年之内便不得不因腹腔感染或腹膜增厚而中断治疗。但是它也有明显的缺点，首先，不是每个患者都能在家中治疗。而在中心治疗需按照中心规定的时间，行动自由受到极大限制。其次，在中心治疗，患者之间容易出现交叉感染。而对我来说最大的缺点是：每次治疗必须使用两根大号针头穿刺血管，腹透却从不需要任何穿刺。血透我必须自己扎针，医生为我处方皮下麻醉注射药。但绝大多数在中心治疗的患者，护士为他们扎针，不用麻药，只能忍住穿刺的痛苦。那两根尖锐的大号针头，是无数次疼痛的源由，却无法回避，因为那是所有肾衰病人的命之所系。特别是那些儿科病人，每次看到他们像成年人一样咬着牙忍受着穿刺时的疼痛，想到他们的同龄人大概还在为摔了一跤而撒娇大声哭泣，我都无法控制心中的颤动。只能默默地祝愿他们早日得到移植，摆脱这一次次的折磨。每每想到有多少透析患者，经受着比我更多的考验，我能在家中良好的条件下进行治疗实感幸运。

由于种种原因，肾移植对我也许已是不太可能。最近发现的静脉高位狭窄，有可能最终让我失去使用了25年的动静脉瘘管。令人欣慰的是，那些日夜奋战决心为肾衰患者带来福音的科学工作者们，正在研制一种可以放在身体里面的透析装置。有了它，病人再不用经受针刺之苦，也不用每周多次被绑架在那台救命的机器上。虽然研究仍在初级阶段，但它像地平线尽头的曙光，最终会照亮所有透析患者的天地。

在美国做护士（上）

来美国30多年，虽然治病占用了不少时间和精力，但每天的工作却是生活中最主要的部分。要讲述在美国的经历，不可能不涉及做了20多年的护士职业。我不希望将这些经历写成一份简历，既然是讲故事，就要有人物和情节。可我也不是写小说，我的故事是一些真实的人和事。这些年的护士工作，让我接触了许多不同的人，其中有些人在别的工作岗位上也许不会遇到，更不会有如此近距离接触。随着时间的流逝，许多人的印象逐渐模糊淡忘。但总有一些特殊经历或我与患者之间所发生的特别故事，让我难以忘怀，挥之不去。

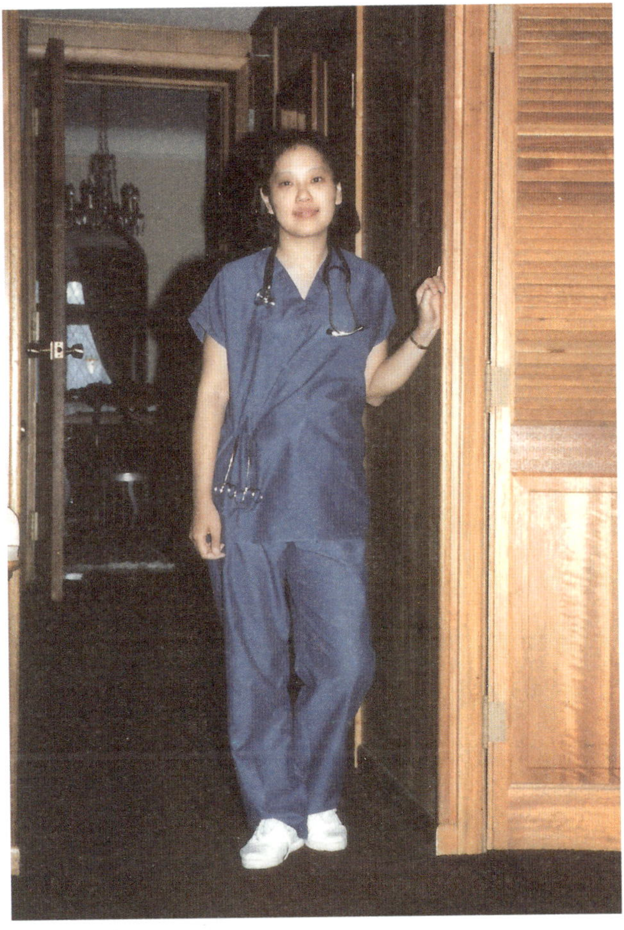

我在透析中心做护士

1. 阿琪和她的上帝

那是我刚开始在血液透析中心工作不久的一个下午。当天的第一批透析病人已经结束治疗回家，第二批病人正在治疗过程中，治疗室里十分安静。有的病人一面透析一面打瞌睡，有的正在观赏连接在透析靠椅上的个人小电视，护理人员则都在大厅中央的护士工作台前忙着病史记录。治疗室的门突然被推开，一个中年非裔妇女走了进来。如同许多在美国大城市里的非裔中老年妇女一样，她包着印花头巾，穿一件廉价的大朵印花连衣裙，进门后没与任何人招呼，径直走到大厅中央，伸出双臂，仰头大声呼叫："哈利路亚!"所有护士、病人都惊讶地看着她，她却如入无人之境，一遍遍地高呼："哈利路亚，哈利路亚！"我问身边的同事："我们能为她做些什么？"他悄悄对我说："不要惊动她，她的心和上帝在一起。她太苦，只有当她全身心投入上帝的怀抱，才可以暂时忘却自我，忘却痛苦。”

这就是阿琪，我刚开始工作时遇到的一位血透病人。阿琪才40多岁，看上去却像有五六十岁。她做透析已有五六年了，每周三次，一辆州政府指派接送贫困病人的小车送她来中心洗血，四小时后再来接她回家。阿琪住在芝加哥贫民区的高层建筑群里，这种高层建筑在美国大城市里很多。市政府的本意是为解决穷人住房问题而建造，结果成了犯罪和毒品的集中地。那儿的居民都是这个城市最底层的穷人，没有工作，没有收入，没有文化，没有技能。大部分家庭没有父亲，有的家庭甚至父母全都没有，只有祖父母与孩子。毒品泛滥，吸毒者没钱买毒品便去抢劫那些老弱家庭中仅有的一点政府发放的生活费。阿琪有两个十七八岁的女儿，谁也不知道她们的父亲在哪里。这两个女儿有智能障碍，不去学校上课，今后的前途也和阿琪一样，只能在贫民窟里任人欺凌。阿琪的生活没有指望，没有依靠，还要像一只老母鸡，羽翼下保护着两只比她更弱，永远长不大的小鸡。老天不长眼，偏偏让阿琪得了肾衰这种不治之症，她死了，谁来看护这两个痴呆的女儿？阿琪智力正常，不会不想到这个难题。

阿琪的透析做得也不顺利。她得了一种皮肤病，浑身皮肤奇痒。每次我看到她坐在透析的靠椅中，都在不停地搔挠着身上每一个可以挠得到的地方，浑身到处鲜血淋淋。一天，护士长把她分配给我。刚帮她接上血透机器，她突然指着自己的胳膊对我说："你看，虫子，虫子在咬我。"我被她吓了一跳，仔细检查了一下，没见到任何活物在她皮肤里，"阿琪，别抓啦，没有虫子。""就在这儿，你怎么看不见！"阿琪生气了，我赶紧闭嘴。其实她是幻觉。

听着阿琪对上帝的声声呼唤，所有的人都禁不住黯然神伤。贫病交加，无援无助，可为了孩子还得活下去。若不是将自己的一切都托付给天上的慈父，谁又能在这样的日子里一天天挨下去？我后来换工作离开了那个透析中心。偶尔遇到以前的同事，我问起阿琪，同事告诉我，她的一个女儿怀孕了。“狗日的，连傻子都要欺负！”我也忍不住说起了粗话。这么多年，阿琪的高声呐喊仍会不时在我耳边响起，提醒我不要抱怨自己的生活。

2. “你是她们见过的最好的护士”

在芝加哥大学医院，我有过一个儿科病人，姓怀特。这是另一个单亲家庭，不过病的是女儿。才十来岁，得了肾衰，做腹透。母亲则是一个30多岁健壮的非裔妇女，能说会道，甚至有些蛮横。虽然也住在城市贫困地区，不过估计一般小混混们不敢对这对母女轻易无礼，除非吃了豹子胆。这位母亲一看就不是好惹的，也只有这样，在那种随时可能受到伤害的环境里才能保护好自己和女儿。

我当时是芝加哥大学医院的腹透培训护士，已有了十来年的工作经验。芝大腹透中心的儿科病人不多，大多数孩子做透析几个月之后，便由父母捐献肾脏做了移植。我负责七八个儿科腹透病人加上十多个成年腹透病人。从训练他们在家做腹透开始，平时任何与腹透有关的问题，例如高血压、高血脂、贫血、感染等一切相关病症，都通过我和医生商量处理。病人除每月一次来中心门诊，平时不需来医院。中心一共三个腹透护士，每人有各自的病人。我们的电话、呼叫机24小时对病人开放。他们如果住院，我们必须每天至少查房一次。在美国，这种护患关系叫做“个案管理”。它的好处是几个月或几年下来，病人和我们的关系变得十分密切。如果是一个认真工作的护士，病人会对你非常信任。这也是我做了20多年肾科护士没有换科室的原因之一，受到信任是一种令人愉快和满足的感受。

我一直记得怀特母女，却不是因为什么光彩的事。由于我的疏忽，差一点对病人造成损害而成为医疗事故。有一次小怀特腹膜感染，根据细菌培养的结果，医生的处方是在腹透药液中加入链霉素针剂。链霉素在体内通过肾脏代谢，肾衰患者的用量与一般人不一样。我根据平时常用的公式，仔细计算了腹透液中应该加入的剂量，并将用量用法详细地写在纸上，和药物一起交给怀特的母亲，让她每晚临睡前将药剂加入孩子的腹透液中。之后我整天都没有再想过这件事。

我那天自己不做血透，晚上早早便休息了。当我一觉睡醒，不知是什么鬼使神差的力量，让我突然意识到白天交给怀特母亲的那张链霉素用量指导是错的。上面的用量虽然是根据肾衰患者的需要量计算，但没有再进一步按照儿科用量核算调整。小怀特才十岁，尽管非裔孩子长得高大，但仍然必须按身高体重算出她的特殊用量。链霉素对听觉神经有毒性，连续过量一个月，可造成失聪。

我一下子紧张得睡意全无，脑中飞速考虑着该如何纠正自己的错误。当时已是夜里11点多，如果是别的病人早就开始夜间透析并入睡了，药也已经用上了。但我知道怀特母女睡得很晚。母亲不工作，早晨不用起床赶上班，往往睡到中午。正在暑假期间，女儿不上学，母女俩经常晚上在外面玩到半夜。有可能她们还没开始透析，我还有机会及时调整药量。虽然一次过量不会造成严重后果，但毕竟病人因为我的错误而多用了药，这是一名护士一辈子不该发生的事情。偏偏那天我忘了将她们的电话号码带回家，唯一的办法是立即去医院给她们打电话。我匆匆起床，开车去芝加哥大学医院。我家住在芝加哥西郊，医院在城市最东面。好在半夜公路通畅，我加快车速穿越了整个城市，十多英里只花了20多分钟就到了办公室。电话接通，果然不出所料，她们还没有开始准备当夜的透析，我总算松了一口气。我向她们表示了歉意，并将正确的剂量告诉她们。做完这一切已是凌晨，开车回家的路上我暗自庆幸睡到一半发现了问题，老天有眼让我能赶在错误铸成之前纠正了它。

我一直觉得怀特母女一定认为我不是一个合格的护士，粗心大意，工作不够认真仔细。怀特后来做了移植，不再由我负责。几年后我也换工作离开了芝大医院，再没见过她们。差不多十年后，芝大医院肾科的一位主治医生特地给我发了一个邮件，她说自己最近看了一个病人，说是认识我："病人和她母亲都说你是她们见过的最好的护士。"这个病人正是怀特。她们给我的评价，实在出乎我的意料。没想到，这位看似蛮横的妇女，也有一颗十分宽容的心。

3.“十万个为什么”

在芝大医院工作的那段时间，我和一个孩子有过一段难忘的友情。这孩子不是病人，他常随母亲来腹透中心，而他母亲也并不是我的病人。我和他之间的友谊，纯属缘分。

那天下午，腹透中心的门诊室里有几个复诊病人。我们三个护士，每人都有自己的病人。那天不是我的门诊，我在办公室埋头对付大量平时积累下来的各类记录报表，只觉得有双眼睛在背后一直看着我，可我每次回头，却又没见什么人在我背后。我决定要探个究竟，便突然站起并转过身子，这才发现原来是一个四五岁的小男孩，正在仔细观察着我。因为怕被我发现，他将自己藏在一张大靠背椅后面，只要我背对着他，他就将自己的脑袋升到椅背上面观察我。每次我回头，他就立刻藏身到椅子背后去。我走过去，蹲下身子介绍我自己：“我叫大地，是这儿的护士，你呢？你是谁？”小男孩低着头似乎很不好意思地回答：“我叫杰森，我妈妈是玛卡达。”他指了指诊疗室里正在看病的妇女。“你是不是很想知道护士除了看病，还做些什么？”他点点头很开心的样子。我邀请他到我桌边看我工作，不用躲在大椅子背后。他还没有桌子高，必须要掂起脚，才能看到桌面。我拉过一张椅子，把他抱了上去。他十分耐心地看着我干活，直到他母亲门诊结束。

问了同事我才知道，杰森是玛卡达的寄养孩子。他的生母是个吸毒者，他还在母腹中就成了“毒品胎儿”。杰森降生时不足月，明显地呈现出毒品婴儿的各种症状。因为母亲进了戒毒中心，家中又无可靠亲属代为抚养，政府就将他列为寄养儿童。玛卡达在他几个月大的时候将他抱回家中，政府每个月有一笔寄养费付给玛卡达。

杰森从此便成了我的好朋友。每次随他母亲

来腹透中心，立刻在各个诊疗室找我。只要我没有病人，他便处处跟随着我，不停地问着各种问题。我给他起了个绰号叫“十万个为什么”。他好奇，而且非常聪明，悟性挺高，什么问题一解释就懂。看着他我常常会想，他长大会成为什么样的人。他随着寄养家庭，住在城市贫民的高层建筑中，成长环境中负面影响太大，教育不受重视，毒品文化泛滥，父辈兄长的榜样往往是犯罪和多次出入监狱。如没有正确的引导，孩子的才智充其量只是街头小聪明。我真的挺喜欢这个孩子，但不知道能为他做些什么。想来想去唯一能做的是常常买些儿童书籍给他，希望他能从书中吸取正面的力量，培养起爱学习的习惯，也许长大后会打破一代代离不开贫民窟的命运。

从此我每个星期都为杰森买一些以画为主的故事书。杰森每次收到新书总是兴奋地冲上前来给我一个大大的拥抱。他母亲经常告诉我，每一本书杰森都让她反复念给他听，好多故事他已经能背下了。

我在芝大医院的腹透中心工作了五年，是我的第三份工作。我的习惯是一个岗位待了四五年，就换一个地方，试试不同的工作，学一些新东西。当时有个朋友告诉我，芝加哥另一个医学院附属医院正需要一名肾脏和胰腺移植护士。我做过血透护士、腹透护士、肾病患者教育护士，移植是我从未涉及过的肾病领域，对我挺有吸引力，我决定去试试。面试后被录用了，我便辞去了芝大的工作。

即将离任的前夕，杰森的母亲带着他来到我的办公室。他们将一大堆礼物放到我的桌上：一朵大红的丝绸玫瑰花，两个布娃娃，一个小小的护士塑像，上面写着“最可爱的人”。杰森的母亲对我说：“我劝他，大人不会喜欢这些玩具，买一朵玫瑰花就行了，他怎么也不听。我不买，他就哭着不走。”我知道，这些礼物，对玛卡达是一笔不小的开销。我望着这些玩具，看到的是一颗天真善良的心。我抱着杰森，任凭眼泪流下。

4.“傻子”威尔森

移植护士的工作与透析护士完全不同。美国移植护士分两种，分别负责移植前的和移植后的病人。有些医院一个护士同时担任移植前后病人管理两种工作，但我仅仅负责移植后的病人。他们接受移植后第二天，我就去患者的病房介绍自己，讲解出院后如何保护这个新的器官，如何服用抗排异的药，并为他们安排家庭访问护士。从移植病人手术后出院回家的第一天开始，我便24小时为他提供任何与移植有关问题的咨询解答。我不能回答的问题，就找医生寻求答案。事实上，只要是与手术有关的问题，我都设法找到做移植手术的外科医生解决，因为我对外科一点经验也没有。而外科医生对于内科问题，既不熟悉，也没时间去具体处理，太烦琐，一天几台手术下来没有空余时间。我工作的第一个肾移植中心，当时还没有配备肾内科大夫，所以凡是内科的常见问题，诸如高血压、高血糖、头痛脑热、发烧感染、关节炎、拉肚子便秘，就全由我们三个负责移植后病人的护士处理。三人中我的资格最浅，另外两个，一个是护理硕士毕业，另一个有20多年肾移植护理经验。我的长处在于十几年护理经验全都和透析病人有关，对于这类内科病症的处理很熟悉。遇上诊断十分肯定的轻病例，我们打电话去药房为他们开处方药，如果是严重的疑难病症，就让病人去附近医院急诊室先处理一下，稳定后转入我们医院治疗。我们每个护士负责200多个肾脏或胰腺移植的病人，有些是移植了多年的病人，很稳定，没有太多的问题。这样的工作方式，使护士和病人的关系非常接近，病人对我们也十分信任。我常常会接到别的医院急诊室的医生打来的电话，说是我的一个病人在急诊室，医生给他的药，他坚持要医生先打电话来问我，我同意他才会用。

“傻子”姓威尔森，是我开始在移植科工作不久收治的一个病人。我像往常一样走进病房，准备介绍我自己。只见一个40多岁的男子，靠在床边的靠椅上，对着窗外喃喃自语。我和他说话，他只是木然地看着我，偶尔回答一两句问话，大多数时候只是低头看着自己的脚，好像没有听到我的问话。我想这下子算是遇上了一个榆木疙瘩，该怎么教会他正确服药呢？一个移植病人每天要服三种抗排异的药，这些药会引起高血压、高血脂、高血糖、胃溃疡，所以必须同时服用治疗或预防这些并发症的药物，加在一起十来种药。抗排异的药毒性很高，用量必须根据血液中的含量高低而随时改变。我平时都是在收到病人血液化验报告后，打电话告诉病人改变药量，可威尔森先生怎么能听得懂并正确地改变药的服用量呢?

问了移植科的社会工作者才知道，威尔森先生有些智力障碍，但不是完全不能独立生活。他的父母去世后，兄弟们把他赶出家门，他成了无家可归的流浪者。幸好有一对熟人夫妇收留了他，让他住在家中一个偏屋里。威尔森靠政府救济和卖报的收入度日。芝加哥有一份报纸，叫《都市世态》，是专门为帮助无家可归者重新回到社会主流中去的报刊。上面有许多关于找工作以及技能培训的信息，无家可归者每天免费领来报纸在街头销售，每份1美元，收入归卖报者所有。威尔森每天清晨4点钟上街卖报，直到上午八九点。

我想了半天，要教会威尔森先生自己根据电话指令调整药量似乎不太可能，也不敢肯定他是否做得正确。我决定只让他弄明白一件事，那就是如果他不按时服药，或者用的剂量不对，他的新肾脏会失去功能，他又得回到一周三次的洗血。对于这一点，我和他达成了十分明确的共识。至于他的药，每周验血后让他带着所有的药物来医院，由我将每日两次的各种药片放在一个分成七天的大盒子里。每天的小盒子又分成四小格，每次该吃的药就在一格里。威尔森早上卖完报纸后整天没事，他一点也不在乎在候诊室等上几个小时，等我忙完了别的病人才为他分放药片。

别人劝我别花那么多时间，我们三个护士常常忙得午饭都没时间吃，哪有时间为一个病人分放每顿的药。可我实在不放心威尔森自己吃药，如果因为吃错药失去了这个移植肾，我不仅会觉得对不起他，也对不起那个捐献器官的人。认识威尔森先生久了，我一点也不觉得他傻。有两件事让我对他十分尊重。一件是他有肾衰竭，完全可以靠着政府救济什么也不干。许多远比他健康的人成天游手好闲，而他却每天清晨4点起来卖报。芝加哥的冬天，清晨4点的温度可以与北极一样寒冷，别人上班坐着车有暖气，而他却是在路口毫无遮拦的寒风中站着卖一份1美元的报纸。他对我说："我真冷啊，可我没有别人穿的那种大棉袄裤。"另一件事是他和我聊天时，十分无奈地说起收留他的夫妇比他自己兄弟好多了，他很想在圣诞节时送给他们的孩子一些礼物，可是他没有钱买。他的智障没有阻止他成为一个知恩图报的人。就凭这两点，我觉得为他做什么也不过分。那年冬天，我为他买了一条棉裤，并把我先生的羽绒服送给了他。

我后来去了另外一家医院工作，同事们开玩笑说，谁要雇佣我必须把威尔森先生也收去做病人，这样我还是他的护士。

5. "送给我第二个母亲"

在移植科工作的那段时间里，有一年母亲节，上班时间我收到一大束玫瑰花。花瓶里插着一

代理护士长

张卡片，打开一看，上面写着“送给我第二个母亲”，落款是考瑞，我的一个病人。

考瑞把我称作“母亲”，多少有些戏谑的意思，他大概觉得我总是对他管头管脚。他是一个年轻的，有些粗野的室内装修承包工。我第一次见到他，是给他上移植病人的第一课。那是每一个移植病人必须参加的新器官保护须知课程。他接受的是活体肾捐献，上课设在手术之前。一个多小时的课程，他多次流露出心不在焉的神情。特别是当我讲到对于一些饮食，还有戒烟等生活习惯上的节制，他便扭头对陪他一起来听课的同伴说：“怎么这么多麻烦，我不照办他们也不能把移植的肾拿走不是？”我那时已是多年的老护士，像这样的大男孩也见过不少，知道该如何对付。后半节课我改变了说话的方式和语气，因为我知道要想让这类患者听话，首先要得到他们真心的信任。从说教改为像老朋友交谈的办法，果然奏效，上课结束后，我听到考瑞私下悄悄与同伴说：“嗨，我看她能和咱成为一伙。”我心中实在哭笑不得，我怎么就成了他们一伙了？不过我挺高兴总算为今后让这匹野马听话取得了良好的开端。

在美国当护士，和病人相处，得真心把病人个个当大爷，我们所做的一切都是为他们服务。不过对于考瑞这样的不愿接受任何约束的患者，有时除了尊重，还必须略加威胁，否则他们会作出一些伤害自身的事来。我便是采用这种对付孩子的方法，使考瑞能时时注意保护自己的移植肾。随着时间的推移，他开始变得愿意接受我的建议。他的女朋友常会私下打电话给我，希望我提醒他不要做有损健康的事。她对我说：“只有你对他说才有用，考瑞只听你的。”

考瑞在接受移植几个月后，血液中肌酐（一种检查肾功能的指标）连续几次有很微小的上升。上升虽然非常缓慢，但是很持续。这种上升往往不是急性排异，因为急性排异时肾功能的减退会幅度比较大。他的移植时间还很短，因而也不像慢性的肾功能损伤。除了肌酐上升，其他什么症状也没有，这让我十分担心他的表现是一种BK病毒引起的肾功能受损。这种病毒造成的肾损害开始往往不明显，一直到移植肾受到了大面积破坏，治疗很难奏效，最后导致移植肾的坏死。我让他立刻来医院做一些特殊的尿液和血液检查，结果证实了我的猜测。我立刻向医生汇报，医生为他做了肾活体切片，调整了他的治疗方案，保住了这个肾。他的移植肾至今已有六年多，仍然存活良好。

就在BK病毒的事件发生后不久，考瑞又出现了类似感冒咳嗽的症状。他去地区医院检查，值班医生给他一些治疗感冒的处理，连肺片也没有拍就让他回家了。他女朋友给我打电话，说他咳嗽加剧，并伴有发烧。我突然联想到考瑞曾告诉我他喜欢一个人待在屋顶小阁楼里。小阁楼往往通风很差，十分潮湿，很容易长霉菌。对于正常人来说，那不是什么危险。可对免疫系统受到抑制的移植病人来说，呼吸带有大量霉菌的空气，会造成霉菌性肺炎，不及时治疗可以致命。我打电话让考瑞立刻来我们医院，我事先为他安排了肺片。结果很快出来，医生没让他回家，直接就收入住院。进一步的检查证明他确实得了霉菌性肺炎，幸好治疗及时，很快就痊愈了。我长病假离开工作岗位后，听同事们说，考瑞逢人便说我两次救了他的命。这可有点夸张了，救他命的是医生，不是我。

2011年，我突发脊椎压迫神经引起的腿痛，症状十分严重。每次发作口服止痛药都无效而必须去急诊打止痛针。而且一发作就是好几天不能上班，恢复上班后才几天又会发作。这样反反复复折腾了三个月，脊椎打了两次封闭都不管用。

摄于工作岗位上的最后一年，我作为肾移植护士与同事、病人在门诊

每次不能上班，我的270多名病人就要由另外两名同事帮忙照顾，而她们自己也有同样多的病人。我如果不提出离职，医院便不能另外雇佣正式职工替代我。这真成了“占着茅坑不拉屎”，对同事不公平。脊椎压迫虽然最终会缓解，但是我的听力日益减退，助听器也不能让我完全听清，这会影响病人的安全。我决定申请长病假，离开20多

年来已成为我生活一部分的工作岗位。

回顾这些年的工作经历，我一点也不后悔选择了护理作为自己的终身职业。在这20多年中，我帮助过许许多多的病人，而我从这些病人那儿得到的信任和尊重，也是在别的职业中很难得到的。虽然工作繁忙，连半夜三更和节假日也不断被呼叫机打扰，但是能够时时体会到被人需要是一种良好的感觉。从个人职业素养的提高来说，最后13年在移植领域的工作，我学到的专业知识，是任何学校不能提供的。

在美国做护士（下）

2008年4月3日，佛罗里达州的奥兰多：全国肾病基金会的年会在那儿举行。讲台上正在颁发奖状，第一个获奖者已上台领奖，第二个叫了几遍没人回答。台下有人告知台上“此人缺席”。

同一时间，1000多英里之外芝加哥郊区我的卧室：中午时分窗帘仍紧紧地挡着窗外的阳光。我躺在床上，发着高烧。那个缺席的“此人”便是我。我平时很少感冒发烧，直到开会前一两天也一直上班干活好好的。会议为我订好了机票和旅馆，就在准备离开芝加哥的前一天，我突然嗓子疼接着就发烧了。我从来都是这样，平常刻板的日子每天上班下班总是没病没灾，可是

业余时间为全美肾病协会或其他肾病相关组织义务工作获得的荣誉

到了要出去旅游或者开会什么的，正高兴可以打破常规出去转转了，我的期待往往会被身体上的突发事件阻扰。我前面也曾写过，小时候老想着要去看焰火，可是国庆节一到一定感冒发烧，总也没看成。

我记得还有一次，美国联邦保险第十区肾病督察署颁发奖状，我和另外一个人受奖。这次奖

这是美国最大医药公司和血液净化公司对我在腹膜透析和培训公司护理人员中所做的工作给予的肯定

励还带有1000美元奖金可以用于支付任何由得奖者选择的临床或科研会议的费用，我当时正想去波士顿参加全国肾移植年会。颁奖会在印第安纳波利斯，离芝加哥才两个半小时车程，我开车去的。晚饭后正准备打道回府，没想遇上了暴风雨。由于航班取消，其他坐飞机来的与会者决定在举行会议的旅馆住一夜。而我当夜要做透析，第二天一早还约了病人，必须冒暴雨开车回芝加哥。有一个从俄亥俄州来的督察署成员是芝加哥人，在芝加哥有家，她主动提出陪我回芝加哥。车开上了公路，我们才真正体会到那场暴风雨的厉害。车窗上的雨刷开到最快一档，仍跟不上雨水打在窗上的速度。更糟糕的是车旁如有大卡车驶过，溅上来的水立刻将车窗全部覆盖，有几秒钟驾驶的人像瞎了一样，什么都看不见。我们一路胆战心惊，大气不敢出。好在如此恶劣天气，路上除了我们，车辆很少。高速公路两旁都是农田没有灯光照明，一片漆黑，只有车灯照亮着前方的道路。夜里10点多到了芝加哥，雨已停了，城里灯火通明。路上有不少喜欢夜生活的年轻人刚刚开始出门，一派歌舞升平的景象。只有地上一滩滩反射着五彩灯光的积水，显示出芝加哥也遭遇了暴雨袭击。我们俩相视一笑，“怎么我们像是鬼门关里逃出来的？还是大城市好！”我由此得出结论，啥好事到我这儿就变得多磨难了。平平淡淡过日子，倒还平安无事。天上掉馅饼的事到我这儿，总得走样，馅饼变铁砣啦！

上面故事中的奖项和单位的工作没关系，都是我单位以外没有报酬的工作。这些工作大约在我做了十年肾科护士以后，有了一些经验开始的。其中我为美国肾病护理协会芝加哥分会工作时间最长，先做了两年协会秘书，主要负责分会与总会之间的文件来往一应杂事。接下来做了四年分会主席，主要是负责每几个月召集分会理事们开个例行碰头会。另外，每年召开一两次芝加哥和附近几个城市的肾病护理在职教育大会。这些大会上的讲话都有在职教育积分，专科护士要保持专科证书必须每三年积累60积分，护理协会有责任为他们创造机会得到积分。此外就是一年两次为准备考专科护士证书的人开预习备考的课程。这类课程要做到尽量包括考试的各项内容，我自己教肾移植一项。从分会主席退下后，我又做了几年分会的财务，没什么收支开销，只管开会收费，然后付会场费、午餐费，收支平衡就万事大吉了。

与此同时，我在全美肾脏病基金会属下的护士及技术员执行委员会担任了四年常务理事兼美中地区副主席。所做的工作多数是根据基金会当时的任务和大方向制订的。有时是编写书籍、期刊，有时是参加一个特别工作小组，有时是游说国会议员。常务理事们每年开四次碰头会，为公平起见，一般选择不同的城市开会，以免部分人每次去很远的地方。开会所需的机票旅馆费用可以报销，我借此机会去了美国许多大城市。常务理事四年任期结束后不能再继任，但我在肾病基金会伊利诺伊州分会的工作是长期的，延续了近20年，直至长病假离开伊州。在这个分会，我没有具体职务，只是尽义务。做得最多的是负责筹备伊利诺伊州肾科护士在职教育的会议，组织病人教育的会议，协助每年的肾脏病竞走募捐活动，以及每年几次的肾脏病普查活动。

我从全国肾病基金会护士及技术员执委会退下后，紧接着就接受了美国联邦保险在各个地区设立的肾病督察署的邀请，参加了它的病人教育委员会。芝加哥属于第十地区，这一地区包括伊利诺伊州、印第安纳州、以及俄亥俄州的一部分。每年开三次会，轮流在伊州的芝加哥，印州的印第安纳波利斯，以及俄州的哥伦布市举行。会议为期两天，讨论起草一些透析病人教育材料，编写成文后发至本地区所有透析中心。我记得曾写过一个准备接受移植的透析病人须知，联邦保险将它做成一个小册子，分发全国透析中心。

这些没有报酬的业余工作确实占用了我不少的时间，但也给了我机会离开日复一日的烦琐工作，外出溜达几天，见见世面，呼吸一下新鲜空

在一年一度为肾病研究的捐款活动上分发宣传品并免费为患者测量血压

气。这些跨越本地区的工作，让我认识了许多美国各地的同行。我刚搬到新泽西州时，发现我所属的透析中心的两个领导都曾和我在同一个执行委员会担任过工作。大家是熟人，见面自然分外亲切。另外，我受雇的医院为鼓励护士参加义务工作，在评定工资级别时，将担任本职工作以外职务作为一个参照。这样义务工作也含有物质刺激，使我有了间接的报酬。最重要的是，这些义务工作让我变得成熟，从一个在公众场合羞于开口的外国人，变成对着几百个听众面不改色心不跳，不怕开口的老兵。

回家

2013年1月的一天上午，我正百无聊赖地靠在窗前的沙发上。一个多月前左腿髋骨手术，让我暂时还无法正常活动。眼睛虽然落在手中的书上，脑子却不知漂到哪儿去做白日梦了。突然电话铃响，吓我一跳。我接起电话，另一头传来了一个熟悉但不常听到的声音：

“我是泰德，我想推荐你去上海参加一个国际肾病研讨会。美国和欧洲都有医生参加会议并讲话，但大会需要美国推荐一位肾科护士参加护理人员的研讨活动并发言。”

泰德·英格医生是美国著名的肾科专家，他主编的《透析指南》在全世界广泛使用。退休之前，他常负责组织伊利诺伊州各种肾病研讨会，而我常常负责会议的护理研讨部分，所以和他很熟。

消息有些突然，我愣了一下："哦。"

他见我不置可否，就试图说服我："中国很多护士还不习惯用英文听课交流，你会讲中文，她们一定欢迎。更主要的是，你不光是肾科护士，还是一位做了30多年透析的患者。我想不到还有比你更合适的人选。"

"可我刚做完手术还不能走路。"

"会议定在3月下旬，你还有两个多月可以休息，到那时腿早好啦！"

见我犹豫，他又特地加了一句："会议的主办单位是上海中山医院，他们答应你可保持在美国每周五天透析的做法，收费按国内医保的价格。"

最后那句话我可是听清了，让我一下子从半睡眠状态中醒来，脑子开始正常转动。这些年一直想回去看看，但长途飞行的劳顿，在那儿逗留期间透析的不充分，以及没有保险的国外病人透析费用的昂贵，使我一次次打消了这个念头。现在透析的次数、价格都不成问题，乘坐公务舱可以躺下，使14小时的飞行不会那么劳累了。我为何要放弃这个好机会？

“行，英格医生，您的要求一向是不可推脱的，我去。”我像过去一样和他开着玩笑。

先生听说我有机会回去，答应陪我一起去，这使整个计划变得切实可行。

回国的计划就这样定了。上海，我度过童年和青少年时代的城市。31年的时光流逝，城市和我自己都变了，变得形同陌路，无法相认了吧？我还能在它的新面貌中找回些许遥远而模糊的记忆吗？门前马路两边的梧桐树是否仍像过去那样，伸开它们茂盛的枝叶，为行人遮挡着夏日的骄阳？

兴奋的期盼让时间飞逝，两个月一眨眼就过

去了。讲稿也写好，发给了会议组。万事俱备，只欠“上路”了。临行前一个多星期，意外事件像以往一样，在最不该发生的时候发生。我莫名其妙地在家里摔了一跤。拍片发现右膝盖有一条小小的裂缝，行走变得比较困难，必须使用拐杖。别人都劝我取消此行，可是我打心底里不愿意改变计划。于我而言，我不想放弃这个31年第一次可以回国看看的机会。于会议而言，临时换发言者会很困难，时间上也已经不可能。这一次，我选择了坚持。

联合航空公司的飞机开始慢慢降低高度，越来越接近上海，我打开舷窗的遮阳板，看着地面上钢筋水泥组成的片片森林，我怎么看都觉得飞机正在纽约上空盘旋，让我无法产生那种“终于回来了”的激动。与家乡的第一个照面，使我想起多次听别人说：“别说你30年没回过上海，就是三年没回去，你也会为城市的变化吃惊。”上海近年来的飞速发展，使我不得不为它的成长之快而感叹，当然也不禁暗自担心，要找回那些多年来梦中常现的儿时记忆恐怕是不现实的。

下机后走在干净明亮的机场大厅里，看到最多的宣传标语是号召人们聚餐叫菜不要过量，剩余食物不要丢弃，这是上海给我的第一个惊奇。看来国内真是物质丰富，小时候那种凭票供应的日子一去不复返了。想到自己在国外，叫菜也是量人而定，往往所剩无几，剩余的也都打包带回。和国内的消费相比，好像颇为寒酸。

一到接机的地方，就看见有位女士高举写有我名字的牌子在等候。见面后知道她是中山医院肾科专科培训医生，会议组派她来接我。去旅馆的一路上，我看着车窗外的街景，希望从近距离仔细打量这个城市，也许能找到一些旧日的痕迹。一栋栋在我离开后才建起的高楼，矗立在街道两旁，使整条街道变了模样。即便有不少尚未拆除的老房子，夹在这些高层中间，也完全失去了它们昔日的个性与特征，变得面目全非了。最有意思的现象是沿途众多的饮食店，一半以上招牌上写着的都是“麻辣烫”、“重庆鸡公煲”、“麻辣火锅城”，让我觉得好像置身于四川的某个城市。看来改革开放不仅改变了城市的面貌，连上海人的味蕾也起了很大的变化。

会议在一个叫“龙之梦”的宾馆举行，全国和世界各地来开会的人都在那儿下榻。宾馆大堂十分豪华，许多穿着制服的服务生站在大厅各处，背着双手无事可做，这又是一道新鲜的风景。我已习惯了国外旅馆大堂里除了登记处，整个大堂几乎看不到闲着没事的工作人员。这儿随时随地可得到帮助或回答问询，倒也方便。安排给我们的客房挺宽敞，和在美国参加各类会议所住的宾馆十分相似。只是宾馆楼下餐厅里的菜肴贵得吓人。一个挺普通的菜，标价300元人民币，相当于50美元，这可比在美国贵多了。

宾馆坐落在离静安寺不远的延安西路上，周围环境热闹，到处是人。上海街上的行人和餐馆之多，是让我觉得新奇的另一景观，马路两边饭店一家接一家，而且几乎全部人头济济，熙熙攘攘，生意兴隆。同时更让我吃惊的是上海人的车技。在这么热闹的环境里开车，比在纽约都难。上海的司机却个个身手不凡，在行人、摩托车和自行车中间左右迂回穿梭，时不时会在狭窄的、两面停满车辆的路上来一个360度的掉头。我坐在车里心惊肉跳，自叹不如。看来我在美国30余年的驾车经验，到了上海恐怕还不及初学的司机。

其实这一切并不奇怪，时代在进步，而中国在改革开放后的变化，更是飞速的。上海于我变得陌生，而我在上海人的眼中，同样是陌生人。有位30多岁的人对我说："你的上海话一听就知道很久不在上海，你说话和我姨妈很像。"

真正让我觉得自己回到了久别的故乡的，是在我到达后差不多一星期，相交30多年的老朋友黑白灰带着她的几位好友来宾馆看我（她笑称自己是带着粉丝团来见偶像）。2010年她从美国旅游回去后，曾向她的这些朋友介绍过我的情况。其中有好几位我在她的博客中多次见过她们的名字和评论。因而大家似乎早已认识，第一次见面就如同故友重逢。

一进入客房，每个人都争先恐后地递给我带来的礼物。打开油油的牛皮纸袋，出现在我面前的竟是在美国时时想念却无处寻觅的上海美食！有五香小黄鱼、宁波熗菜、蟹壳黄、鲜肉月饼……林林总总一桌子，房间里弥漫着那种在国外只有梦里才会闻到的家乡味道。听着满屋子地道的上海话，闻着小时候弄堂小店里日日漫出的香气，我终于相信自己回到了上海。朋友们一见如故的热情，让我从几天来困扰我的陌生感中走了出来。特别令我感动的是其中一位朋友还带来了她的孩子。这位只有六七岁，小名叫逗逗的小男孩爱好美术，他特地为我制作了一本画册，里面图文并茂，有他自己也有我。他妈妈曾把关于我的一些故事告诉他。听完后他说："我很想哭。"

我的另一位从小一起学画的朋友，约来了当年的画友，还特地接来了她年迈的父母，一起在她家中相聚。这些都是小时候几乎天天在一起的挚友和从小敬重的长辈（她父亲是一位著名画家）。30多年不曾相见，此刻见到他们，早已被收藏封闭的许多儿时记忆，从大脑深处骤然释放，心中弥漫起无限感慨。

还有一位朋友会驾车，我每次透析后她都来接我。上海大医院门口往往一辆出租车还未停稳，便有五六个人蜂拥而上，实在是对一个人速度和灵敏度的考验。每次来，她都会买些生煎包、烧卖、青团之类的经典上海小吃让我当午饭，说是解乡愁的良药。

从小将我带大的郑阿姨，特地从安徽赶来看我。我与她情同母女，小时候妈妈工作忙，把我的生活起居完全托付给她。这次与她相见，彼此心中五味杂陈。见面的几个小时里，她一直都在回忆我小时候的事情。那些久已模糊的情景，不断清晰地重现眼前。

上海城市的面貌变了，可是人和情还在。见过这些发小，我终于找到了回家的感觉。只有“家”里的人，才会张开双臂欢迎我，一个30多年没回来过的上海人。

会议只有两天，开幕式后分成两部分，在两个大厅同时进行。一部分是医生和工程技术人员，另一部分是透析护理人员，我在护理部分。参加会议的有来自全国各地的透析护士和管理人员。出席的人很多，大厅里坐满后，许多人站在座位

从小将我带大的郑阿姨，特地从安徽赶来看我

后面甚至门外。参加这次会议让我见到许多国内有丰富经验的透析护理专业人士，并聆听了其中部分人的发言。上海肾科护理协会领导介绍，教育部已拨专款用于全国护士学校的改革。护士学校将从中专改为四年制大学，条件成熟时还要设置研究生教育。看来我们国家的护理教育和培养的护士，很快就能和国外接轨。

过去，国内透析的费用由医疗保险或患者本

人负担。由于费用昂贵，个人很难支付。我回国前不久，透析治疗改为由政府统一支付。这使原来许多没有条件接受透析治疗的肾衰病人，都能长期使用这一疗法以保存和延长生命。全国各大医院的透析科病人数量大增，至使培训透析专科护士成了燃眉之急。难怪这次第一届肾科护理年会有如此众多的与会者。

我的发言内容主要是介绍美国肾科护理的新发展。我虽然听、说、看中文没问题，但是对许多专业用语在国内的标准说法不熟悉。我只能用英文写讲稿，会议组把它翻译成中文。讲话时大屏幕上是中文，我手中也有一份中文译稿，不时看一下就不会出错。讲话中我也说明自己是31年的透析患者，并提到我自己扎针所用的所谓“纽洞法”。国内透析领域都知道国外使用这一方法，特别是自己扎针的患者，但还没亲眼见过。一听说我手上的瘘管是用此方法进针，都希望看一看。

在“2013 年上海国际血液透析会议”上发言

讲话一结束，我就被围上了，大家都要看我手臂上的瘘管。一位从外地来的透析护士还与我相约，第二天到中山医院来看我做透析，了解一下具体操作。国内同行们对学习和提高业务水平的热情，是肾衰病人的福音，让我很敬佩。这也是我在中山医院透析科接受治疗时得到的印象。护士们操作熟练麻利，每位护士同时要治疗九名病人，而

“2013 年上海国际血液透析会议”会场

美国的透析中心，一般一个人同时治疗四名病人已经算很忙了。

看到国内透析病室内一排排接受治疗的病人，我又一次想起30多年前在第九人民医院住院时结识的一位病友。我俩同病房，她略长我几岁，都是肾衰患者，只是我的肾衰刚开始，她已经比较严重了，还伴有红斑狼疮。病房中十来个病人，她最安静，很少说话，从不见有人探视。我觉得她很寂寞，便主动与她搭讪，并把别人送给我的一些食品和她分享。一来二去加上同病相怜，我俩成了好朋友。但是不久，她就被移入隔壁一个单人病房。我去看她，只见她奄奄一息，仍然是十分安静地躺在病床上。雪白的床单，把她两颊疾病引起的红斑衬托得格外刺眼。看到我，她拉住我的手，轻声说："我们要分别了，你一定要好好活着。"30多年过去了，她的身影常会出现在我眼前。我总会默默地告诉她，正如她嘱咐的，我侥幸死里逃生活下来了，并且努力做到好好活着。我想，如果她能看见国内透析室里那么多病人在接受治疗，一定会高兴肾衰竭不再是绝症，像她那样年轻的肾病患者，再也不用静静地躺着，等待着自己最后的时刻。中山医院透析病人中有一个十多岁的女孩，当她听到我与护士的交谈，高兴地告诉她的护士："美国回来的那位病人说她依靠透析生活了30多年，那我也能再活下去，活很久。"

两个星期一眨眼就过去了，虽然还想多待几天，多看些地方，还有好些老朋友来不及相见，但是预定的机票不能改变。当飞机像31年前一样，一跃冲上蓝天，我想起了那时问自己的问题：“我还能活着回来吗？”现在我可以肯定地回答：能，我回来过了。

我的长病假生活

2012年底，我的身体每况愈下，工作缺勤频繁，病假期间，我的病人必须由同事代为管理，给他们增加了许多负担。同时，我的听力障碍变得更加严重，由于工作的百分之八十需通过电话，听不清会给病人安全造成威胁。这两个原因，使停止工作成为势在必行。我还不到退休年龄，提早退休，经济损失会很大，我选择了请长病假。但心里十分明白，这个长病假恐怕会一直延续到退休。我写了一封告别信给我所有的病人，告诉他们这个不得已的决定，感谢他们对我的一贯信任和支持。洛约拉大学医学院附属医院是我工作过的五个医院中的最后一个，也是工作得最长的一个，整整十年。

从1982年来到美国，打工、上学、正式工作，30年中除了偶尔手术住院休息几个星期，我一天也没闲过，办公室里数我病假最少。就像一个飞快旋转的陀螺，虽然外力突然使它停下，但凭借惯性，它还会执意想要朝着原来的方向转下去。从几十年每天清晨风雨无阻按时出门，一到办公室便面对十来个小时排得满满的时刻表，变成早晨起来，各个房间转悠着不知该干什么。我脑子里一片空白，无所适从。好在那时我们正决定从芝加哥搬往新泽西，大量搬家的准备工作花了近三个月的时间，耗尽了惯性产生的能量。体力上的疲惫不堪，导致主观上希望陀螺能彻底停下。

因为搬家，先生也办理了提前退休手续，同样面临着生活习惯的突然改变。把新州的家安置妥帖之后，我们决定去加州看看朋友，以此作为转折，让自己逐渐适应新的生活节奏。然而，生活中的巨大变化，光靠更换环境，外出旅游这些外来的力量是不够的。新环境慢慢就变成了老环境，旅游再久，也要回家的。

从加州回来之后，我的精神状态开始进入了沉沦阶段。其实这种状况和空闲时间的多少关系并不是很大，我病休在家从没闲着，家中杂事挺多，加之我90多岁的母亲当时住在我家由我照顾。也许空虚感和失落感是最主要的原因。在工作岗位上，几乎每天的分分秒秒都处于被需要的紧迫感中。每次从门诊、病房，或者会议室回到办公室，电话中就会有十几个病人留下的录音寻求帮助。有时忙不过来，对一些与肾移植无关的问题，我请病人直接和他们的家庭医生联系。许多病人会说："医生办公室无人接听电话，自动留言机让我留言，可能一两天内收不到回电。你们保证24小时内一定回电，所以就找你们。"还有的病人说："你就是我的医生，只要找到你就行了。"这种被需要和被信任的感觉虽然是压力，但也很满足。病休在家，再没有这种感觉，我不由地产生了生命意义何在的疑问。

“人活着到底为什么？”我相信这是一个令许多人困惑的问题，其实它永远也不会有答案。在我身上它反映了思想深处对自己的重要性定位太高，过高估计了自我价值。从宇宙和时空的角度来看，每个人的生命历程只不过是一个瞬间，它是那么短暂，那么微不足道。地球的转动，昼夜四季的更换，绝不因为个人而改变。一个人来到这个世界并不带有任何目的，只是大自然或者说生物界的一个现象。所谓生命的意义、价值、使命，都是人类后天为自己或别人制定的。深山里的老农，平平凡凡地生，踏踏实实地活，默默无闻地死，不追求目的，不询问意义，只重视过程。春耕夏种秋收冬藏，柴米茶饭生儿育女，在生命过程中辛劳付出，也在这个过程中享受每一天。我想，这样的人不问那么多为什么，也没有忧郁症。而一辈子对所做工作比较喜欢的人，退下来就比较难以适应。因为这一类人往往依赖别人的评估来决定自己的价值，而不注重生命本身每一天的过程。我大概就是属于这类人，空虚和失落是源于再没有人来告诉我："我们多么需要你。"有一份工作的我，和病休中的我，并没有区别，只是在不同环境中经历不同的生命过程。如果踏踏实实享受这一过程，便能够得到满足和快乐。

要琢磨出这个道理，需要催化剂。而时间，往往是最好的催化剂。我十分羡慕那些告诉我他们退休后有多么快乐的人，他们不需要时间去适应，因为他们没有我个性中的缺陷。我非但花了整整一年多的时间来适应，而且还借助了抗抑郁药物的力量。先生比我好，他虽然也不适应提前退休，但他觉得早晚都要过这一关，早点过，适应能力较强。他还找了一份大部分时间在家工作的差事，这样就有个过渡。

我也曾想要和在芝加哥时一样，恢复做一些义务工作，但是长病假让我身体中原先撑了几十年的一种力量，或者说是一股精神，因为不再需要天天上班，突然散了。各种病痛便趁虚而入，隔三差五我就会被某种病痛袭击。短短四年中我经历了各种病症：带状疱疹、坐骨神经痛；还有做血透的左手腕神经压迫引起疼痛，为此做了两次手术；在家莫名其妙摔了两次，一次造成膝盖骨裂，另一次摔掉了两颗门牙；右手肩关节因韧带撕裂造成永久性脱臼；股骨腔感染和金属部件松动又导致了两次大型股骨手术；加之严重的骨质疏松，让我的脊椎侧向弯曲，原来1.68米的身高缩成了1.45米，弯曲压迫肺部，造成呼吸不畅，多动就气急。这些病痛的不断骚扰，使我很少能有连续几个月远离医院或者病床，义务工作便成了没有实现的美好愿望。

人们都说退休之后有一个爱好十分重要，我曾想过重新学习国画和书法。但是经过多次手术后手指变得不能正常弯曲，手臂弯曲十分钟以上会让手指麻木刺痛，毛笔是怎么也拿不住了。好在我一向还有一个爱好就是烹饪，只要不是处理过分精细的食材，烹饪对手指的灵活度要求不高。我和先生都是吃货，学会制作美食，可以满足吃货的欲望，又可和朋友邻里分享。现在网上有铺天盖地的食谱，虽然鱼目混珠，但确有可以学习借鉴的大师。我在芝加哥结识了一个朋友，烘焙烹调都是大师级的。我有幸得到了几次她的真传，让我的厨艺有了突飞猛进的提高，我现在仍常在电话或微信中向她求教。烹饪带来的满足是立竿见影的，花上一两个小时就能看到肉和面粉变成了白白胖胖的包子，绝对给人以成就感。我的一位好友用种花治愈了抑郁症，并成了知识丰富的

为父亲生日制作的蛋糕，中间的“寿”字是先生用巧克力写的

自制的萝卜丝饼

冷盆

热炒

园艺大师。我无力学习园艺，但是烹饪确实对于我从抑郁症的阴影中走出，起了不小的作用。总之人一定要找到喜欢并且有能力做的事情，这样当精力和智慧不再用于工作和事业，就有另外的地方释放。

另一个对付抑郁最有效的武器，是家人和朋

与朋友们在一起（前排左三是先生，我是后排红衣者）

友的支持。我能够在慢性病的长期骚扰下保持相对平稳的心态，主要归功于我的先生和那些哥们姐们。我在芝加哥待了28年，形成了几个挚友圈。平时周末或者节假日，大家相约逛街、远足、看展览、听音乐、去餐馆。要不就在家中备些小菜，一群知己海阔天空，无所不谈，高兴时甚至扯着嗓子五音不全地唱上一曲，热闹到半夜。再多的烦脑，也会暂时烟消云散。我每次卧病在床，这些朋友便烧了各家最拿手的吃食去医院或来家里探望。我生病的时候，往往是家中食品最丰富的时候。有回族朋友包的牛肉饺子，上海朋友的猪肉虾仁鲜贝馄饨，杭州朋友的酱鸭，各种口味的美食，无法一一例举。我简直觉得自己是在利用生病骗吃喝。有时先生有重要公务没法请假陪我去医院，如果我自己不能开车，正好轮休在家的朋友便放弃休息陪我。这些朋友没有花言巧语，全是实实在在的鼎力相助。我们离开芝加哥搬家去新泽西，有一对朋友夫妇亲自开车两天，跨越半个美国将我们送到新州。每次回芝加哥看病住在另一个朋友家中，我因腿疾不便上楼，他们夫妇硬是把大床从楼上卧室搬到楼下书房让我歇息。我有一个特别不喜欢出远门的朋友，为了帮助我先生搬动100磅重的透析机，破例陪我们一起去了黄石公园。搬来新州后虽然朋友不像芝加哥那么多，但仅有的几位也同样对我关怀备至。2015

年冬天我股骨金属部件松动行走不便，正好先生必须去北京开会，每天取邮件、倒垃圾全都靠住在同一条街上的朋友帮忙……尽管我也常会情绪低落，甚至产生厌世念头，可是家人和朋友全都伸出热情洋溢的手拉住我，我实在不好意思松手一沉到底。就这样一次次地从低谷中走出，重新享受蓝天白云下的美好世界。

长病假后，我对上海的老友黑白灰和芝加哥的好友汪小莉说起自己的不适应，她们都建议我把自己的经历记录下来变成文字。写作可以在家中利用疾病袭击的间隙进行，也没有体力上的要求，对我十分合适。要做好一件事，就需要集中所有的精力，自然也就将本来在大脑中占据很大地位的病痛挤了出去。芝加哥的汪小莉为我提了许多宝贵的建议，并仔细阅读每一篇文字，提出修改。黑白灰将自己的博客园地让给我连载这些文字。因为她开博多年，已经有很多经常往来的博友，使我的文字可以被更多朋友知晓阅读。每篇文章上网之前，她都要做最后的修改。更令我感动是那些读者，其中有些我认识，但大多数是从未谋面的陌生人。他们在博客评论中、在微信或邮件中，给了我许多的肯定与鼓励，这些充满关切的话语，疗效无疑胜过任何药物。

很多读者关心我的心理状态，希望知道我病中如何调整心态。自我心理分析很难做到深刻，这篇就算是一个汇报吧。

细看今日：风景这边独好

《与病魔同行》到现在已经写了22篇，说的都是“我”在美国治病和生活的故事，而对于故事中的另一个主角，我的同行者“疾病”，还没有做过具体的介绍。本篇将是全文的结尾，我想该给读者一个简单而系统的说明。也利用这个机会，对自己与疾病同行的过去、现在和将来做一个客观的评价。

我两岁时在托儿所检查身体中发现尿中有血，父母竭尽全力，遍求中西名医民间偏方，一直也没能治愈。肾病有许多种类，可以由许多不同的原因造成，因而治疗方法也各不相同。要确诊，必须做肾活体组织切片检查。当时国内很少做内脏活组织切片，为此我的肾病种类及起因一直没有确定。从我是亚洲人以及我的病程进展，即血尿、蛋白尿、肾病综合征，直至20多年后发展成肾衰来看，我得的是一种叫做IGA肾小球肾炎的常见肾病。

27岁那年，医生宣布我的病程进入肾衰阶段，除非洗血或换肾维持生命，否则回天无术。很幸运，我能来美国治病。虽然这种病至今还没有找到治愈的方法，但依靠洗血，我又奇迹般地活了30多年。很多人看了我前面的治病经历，提问是否透析比换肾来得更好，因为不需服用副作用很大的抗排异药物。实际情况是：由于透析只能去除身体中的部分毒素，长期透析的病人会因为遗留在体内的有害物质，产生许多并发症，逐渐破坏身体其他系统和器官。我现在可谓从头至脚，身体各个系统都能找到病魔的踪迹，就诊于17种之多的不同专科医生，便是一个实证。抗排异药物虽然副作用很大，但随着移植肾在体内时间的延长，需用药量会逐渐减少，副作用也随之下降。而从生活质量来说，换过肾的病人，如果移植肾工作良好，病人的生活更接近正常。他们行动自由，不受每日或每隔一日的透析治疗所带来的种种生活上的不便，能够生育，有着健康人的外表，平均寿命也比透析病人长。

长期透析对我最大的危害是骨质疏松，造成过多次骨折。我的脊椎因为硬度不断降低，从30多年前刚开始透析便逐渐向左侧弯曲。我每年都会失去一定的身高，从原来的1.68米缩成如今的1.45米。脊椎的弯曲不仅造成了外貌上的老态，更不利的是造成了食道弯曲和心肺受压。我现在吃东西必须细嚼慢咽，但仍会时常噎在嗓子里下不去。右肺由于不能全部扩张，平日略为活动，就会透不过气来。我的股骨最初因抗排异的激素造成坏死，但骨质疏松还是使我自身的骨骼不断受到金属股骨的损伤，导致多次手术修补。

骨质疏松之外，长期透析病人往往患有严重关节炎。我的膝关节长期肿大，影响行走。肩关节损伤造成韧带撕裂，右肩永久性脱臼，右手无法举起或伸出。我与人握手，必须用左手托住右肘才能伸出，让我的动作变得十分离奇。吃饭时看着桌子中央的菜肴无法伸筷，着实让吃货伤心。

另一个透析病人的常见症状是游离钙在全身软组织、血管以及神经上的沉淀。这是由于肾衰造成体内钙磷平衡失调，继而引起副甲状腺亢进。大量的副甲状腺素致使钙从骨骼中流失，不仅让骨骼软化疏松，还使血液中的游离钙含量升高，附着于血管、神经和软组织。对我影响最大的是这些钙磷结合体加之其他一些透析不能够充分清洗出体外的物质，包在腕部尺神经周围，造成了尺神经压迫症。刚开始只是手部麻木，逐渐变成疼痛，止痛药亦不起作用，只能手术。医生耐心地将这一层层的物质清除，最后将神经剥离出重重包围。这样的手术我已经历了四次，其中三次是左手。手术后疼痛和麻木大大改善，但手术对神经的破坏使得手指的功能逐渐丧失。现在我的左手指几乎没有功能，右手指虽然也有损伤，但还能做不少动作。因手指僵硬，我常会将手中的东西掉在地上，而小东西掉在地上根本无法捡起。

2000年我查出乳腺癌，虽然不能肯定说是肾衰透析引起，但医生认为不能排除其中的联系。长期患有慢性疾病的好处在于经常检查身体，我的癌症发现极早，因而只需切除肿瘤和少量周边组织就解决了。为防止乳腺癌复发，我必须连续五年服用一种激素。这种药的副作用是常常引起妇科器官癌变，为此，我又接受了另一次妇科切除手术。曾经粗略地算过一下，自1982年第一次肾移植开始直至今日，我已经历了大小40多次手术。最近医生问我是否愿意将右肩换成人工关节，那样我的右臂便能运用自如。虽然这对我很有引吸力，但不到万不得已，我已不想再经历任何手术。

这些就是我基本的病情进展。长期的透析虽然维持了我的生存，但随着不能排干净的毒素在体内的不断积累，加上年龄因素，逐渐影响到全身各个系统的功能。这也很正常，因为年龄在这里是一个重要因素。即使是正常人，随着年龄的增长，健康状况也会下降，更不用说慢性病患者。

回头看过去，有许多痛苦和艰难，但更多的是对人性和善良的亲身经历。随着时间的推移，所有的不幸都被蒙上了一层历史的尘埃，变得离我越来越远，每每想起，似乎是冷眼审视别人的经历，再无痛感。而那些热情帮助过我，让我在无助时看到希望和转机，将我从死神手中一次次夺回的人，却变得越来越清晰和真实，温暖如冬日阳光。还要感谢疾病，让我有机会对这个社会人性与善良的一面有了比正常人更多的体验。

许多读者对于我这样一个透析患者的生活能如此接近正常人，似乎觉得不可思议，其实这在美国并不是天方夜谭，也不是因为我有什么特殊的本领。

第一，这里的病人接受透析的量充分，排出的毒素较多，使得总体健康状况比较好。联邦保险以延长肾衰病人的寿命，提高他们的生活质量为目标，每年都花大量的资金支付透析病人的治疗费用。其中包括一项高额开支，用于支付纠正贫血的针剂“促红血球生成素”。每毫升2万单位的针剂，价格高达上千，而不少病人每一至二周就需注射一次。肾衰病人都伴有贫血，贫血纠正后，总体健康状况和生活质量会有本质上的改善。血液中的血红蛋白把氧气送到全身，人有了力气，才能去做各种想做的事情。

正在写博的我

第二，美国社会对于残疾人的态度是创造条件，支持鼓励他们独立，尽可能享受像正常人一样的生活。这不仅仅是政府的政策和倡议，它同时反映了社会上大多数民众对弱者和不幸的基本态度。从我的亲身经历来说，大到就业，小到上街买菜，随时都能体验到人们对于残疾人的接纳和支持。在学校念书时，校医务室的护士主动让我去医务室换腹透药水。就业后，我每隔四五年换一个工作，负责面试的人并不了解我一贯的工作表现和出勤率，我也不隐瞒自己是透析病人。而每次申请，都是第一次面试后就被雇佣。做腹透时，中午需一间单独房间换药水，单位领导都会妥善安排。平日上街买菜购物，各大商店超市都有电动轮椅供残疾人使用。记得有一次去沃尔玛购物，我刚拄着拐杖下车，一位正推着几十辆空购物车的工作人员立刻放下手里的工作叫住我，让我别动，等他将电动轮椅从店内开到我的车旁。有时我拄着拐杖站在店门口等先生将车从停车场开来，过路的行人常常会上前询问我是否需要帮助。任何公共设施门前都有专供残疾人的停车位，非残疾人如果抢占，罚款可达500美金。我去迪士尼乐园等娱乐场所，入口处都有轮椅供免费借用。所有项目，残疾人无需排队，入场后

我家盛开的君子兰

可将轮椅推至第一排最好的位置。2015年我大部分时间在轮椅上度过，朋友们热情提出带我去餐馆，我怕轮椅在公共场所进出不便，十分犹豫。到了餐馆，发现十分拥挤，而我们的位置又在餐厅最里面。但就餐的客人全都不约而同主动站起，搬开自己的座椅让轮椅通过。其中不乏四五岁的孩子，不需大人关照，学着父母的样子，将自己的椅子推开让出一条通道。这样的例子不胜枚举，对于大多数普通老百姓来说，帮助一个弱者，是无需考虑的条件反射。如果不是生活在这样一个环境里，我这些年来所做到的一切都是不可能的。看看身后走过的路，我深感幸运。一个在1982年就被告知生命即将终止的人，不仅又多活了30多年，并且体验了别人不一定能感受到的经历。

对于过去，我只有两个字：感恩。

对于明天，我十分清楚等待我的是艰难。医学发展到今天，人类对生命的认识还只是刚刚开始，对疾病的控制也还有很长的路要走。也许生命的密码永远不可能破解，对于自然规律人类首先必须懂得尊重。所以我不期盼明天，但准备接受。

今天，才是值得仔细品味，认真享受的。今日的一切，明日不一定会重复。今天，我能起身行走，读书看报，做饭品尝，和朋友聚会，这一切都是幸福，值得我用心去体验。每当我坐在后院的摇椅上，任凭微风吹拂着我的脸，看天上行行大雁南飞，听它们声声呼唤着同伴（新泽西大雁特别多）……心中无比平静。

完稿于2016年12月

后记　我所知道的大地

汪小莉

知道大地要开始写她的故事，很兴奋，就等着读了。在看了十几篇故事的初稿以后，大地寄来了序言，并告知经朋友黑白灰帮忙，已准备得差不多了，故事即将开始在网上连载。

标题里这个“魔”字让我一震！朋友们都知道大地身体不好，每过一阵就又在住院动手术了。但平常和大地在一起时，她的言谈举止从未给人病魔缠身的感觉。大地很有生活情趣，喜欢种花，更做得一手好菜。大地做菜从选料、搭配、烹调到最后摆盘都是精工细作，色香味俱全，在大地家能吃到正宗的中国菜。她还经常钻研菜谱，尝试新的做法，家里有不少新式厨房器具。有一次看到大地家的牛肉片切得极薄，大小均匀一致，正想夸“什么时候把刀功练成这水平了？”大地的先生说，新买了切肉机。大地烤的蛋糕也很受朋友们的欢迎。有人说，做蛋糕像科学家做实验，必需定料、定量、定时和定温度。做菜则像艺术家做作品，选料、火候和调味都由厨师灵活掌握，而大地两者兼备。她思维很有条理，逻辑性强，考虑问题周到。同时脑子又很敏捷、灵活，什么事一听一看就明白，悟性很高。做事果断利索，高质量。

2012年大地移居新泽西。那年感恩节，她与先生一起回芝加哥过节，和朋友们在我家聚会。大家正谈笑风生，大地轻声对我说她不舒服，想要两片泰诺止痛，然后悄然离开餐桌，吃完药就在沙发上躺下，说休息一下就会好。我注意到她浑身在发抖，好像剧痛难忍，可她不愿惊动大家，要我回去接着招呼客人。聚会的人都没有察觉到大地正在经历又一次病痛。这是唯一一次我直接感受到大地经历病痛的折磨。第二天她便因股骨腔感染，接受了手术治疗。三年后的2015年，她又因股骨内金属移位再次手术。这次手术风险极大，她却从未向我们提及可能的风险和意外。仔细想一下，这样的磨难她在一生中不断地经历，慢性肾病真是“恶魔”！

大地做过两次未成功的肾移植，一共经历过40多次手术，还得过癌症，透析至今已30多年，一般人只要经历过其中之一都得付出很大的努力去面临精神和身体上的挑战，她的勇气、顽强和毅力真让人钦佩！

大地的故事写得很真：真实和真诚。在写作过程中她为确保所有的事情、地点和人物言行的真实性，对记不太清的细节都会去一一核实，无法核实的内容宁可去掉。她对自己很诚实，不回避自己也有脆弱的时候，对自己一时的脆弱分析得非常透彻和严格。纪实性的作品，最可贵的是真，人要做到对自己诚实是很不容易的，需要勇气和能力。

大地的故事对人物和事件写得理性、客观、细腻，风格朴实真切，用词很有分寸，恰当准确，这是需要文学功底的。大地对故事的描写让读者有身临其境的感觉，又给读者留有空间，通过故事中人物的言、行和发生的事让读者自己去体会，得出结论，引起共鸣。没有以自我为中心，自怜和自恋。很多故事的重点是放在帮助她的人：医生、护士、老师、同学，包括她的病人们和朋友们。她与病魔同行，看到的并不是自己有多么不幸，而是在自己特殊的经历中感受到了人们和社会的支持、爱心，她想的是知恩图报。

从大地的故事中我们看到了善良、真情、理解、爱心、慷慨和宽容。义务推车的医院退休老伯伯善解人意的关爱，让大地手术后几个月坐他的轮椅；侯大夫的博爱，把自己的一切——技术、知识、金钱、时间甚至自己的器官慷慨分享给需要援助的人，视世间人类皆兄弟；小迈克尔和大地之间真挚，非血缘的亲情；大地对病人的养子杰森的关爱，还有“傻子”威尔森的明理，图报的愿望……

与病魔同行，大地并没有觉得自己是多么的不幸，她看到和感受到的是一次又一次受到那么多人的帮助和爱心，并努力将他人给予自己的回报给社会。

大地选择了护士专业，她是美国一流的优秀护士工作者，专业水平拔尖，工作认真，细心负责。她发表过多篇专业论文，在美国肾脏护理协会芝加哥分会和全美肾脏病基金会所属机构担任主要职务，多次获奖。而她对病人的理解、同情、体谅和爱心使她对病人所做的早已超越了护士职责的范畴，赢得病人对她的信任、喜爱和尊重，被称为最好的护士。为了帮助侯医生在玻利维亚的诊所筹款，大地利用业余时间找一些其他的事做，数据处理的工作就是其中之一，得到的收入都捐给了诊所。

大地经常热心助人。1980年代和1990年代初期，很多初来美国的大陆留学生生活条件艰苦，需要靠打工赚取生活费和学费，有时去小费收入高一些的餐馆打工多半需要开车，但又没钱买车。有一对从国内来的夫妇刚到芝加哥时，也是需要打工而没车。大地和先生就每天轮流开车帮着接送，平时还开车带他们去商场买东西。这些帮助对这对夫妇来说真是雪中送炭。还有一位留学生刚毕业，在芝加哥找到了工作，在她没安顿好住宿之前，大地也是热心地邀她住到自己家，还特意腾出家中的两辆车之一让这位留学生用。

我和大地最初是在我们共同的朋友家中认识的。我们开始单独接触是在2003年，我母亲得了晚期胃癌，已经影响到肾功能，在杭州的医生说如果发生肾衰竭就需要透析。当时透析在国内不普及，我的家人都不清楚透析是怎么回事，医生告知透析过程中有可能出现危险，这让我们下不了决心做还是不做。我知道大地有这方面的经验就向她请教，她仔细地解释了透析的过程，让我们消除顾虑。让我印象很深的是大地特别细心体谅的提到癌症病人可能会有什么样的心理和想法，怎样和他们沟通比较合适。从那以后我们开始接近，渐渐地就成了好朋友。

大地，你过去的故事在这里划上了句号。谢谢你和读者分享你充实、非凡的生活经历。你的故事让我们看到人性的真、善、美，以及爱心、智慧、勇气、坚强和毅力，这些都触动人心，给人们鼓励和信心，让人思考生活和生命的意义。我们期待以后能再听到你的新故事。

2017年1月